AF378064

Du même auteur

Chez le même éditeur

Akuna-Aki, meneur de chiens, roman, Ottawa, Les Éditions L'Interligne, 2007 (lauréat du Prix des lecteurs Radio-Canada 2008).

Aurélie Waterspoon, roman, Ottawa, Les Éditions L'Interligne, 2008 (finaliste du Prix des lecteurs 15-18 ans Radio-Canada et Centre FORA 2009, finaliste du Prix du Journal LeDroit 2010).

La piste sanglante, roman, Ottawa, Les Éditions L'Interligne, 2009 (lauréat du Prix Françoise-Lepage 2011 et finaliste du Prix du livre d'enfant Trillium 2010).

L'enfant qui ne pleurait jamais, roman, Ottawa, Les Éditions L'Interligne, 2011.

Chez d'autres éditeurs

Hokshenah, l'esprit du loup blanc, Paris, Les Éditions Les 3 Orangers, 2003 (finaliste du Prix littéraire 30 Millions d'Amis).

L'homme aux yeux de loup, Ottawa, Les Éditions David, 2006 (finaliste du Prix des lecteurs Radio-Canada, du Prix Trillium et du Prix littéraire 30 Millions d'Amis).

Gilles DUBOIS

Le voyage infernal

Roman

Collection **Çavales**

LES ÉDITIONS
L'INTERLIGNE

Catalogage avant publication de Bibliothèque et Archives Canada

Dubois, Gilles, 1945-
    Le voyage infernal / Gilles Dubois.

(Cavales)
Publ. aussi en formats électroniques.
ISBN 978-2-923274-90-4

    I. Titre. II. Collection: Cavales

PS8557.U23476V69 2011   jC843'.6   C2011-906874-5

Les Éditions L'Interligne
261, chemin de Montréal, bureau 310
Ottawa (Ontario) K1L 8C7
Tél. : 613 748-0850 / Téléc. : 613 748-0852
Adresse courriel : communication@interligne.ca
www.interligne.ca

Distribution : Diffusion Prologue inc.

Je ne demeurerai pas calmement à Montparnasse.
Je ne reposerai pas en paix à Winchelsea.
Vous pouvez enterrer mon corps sous l'herbe du Sussex
Et ma langue à Champmédy.
Moi, je n'y serai pas. Je me relèverai.
Enterrez mon coeur à *Wounded Knee*[1].

1 - Stephen Vincent Bénet, "American names", in Ballads
and Poems, 1931.
Traduction de Dominique Denis et Michel Paquin.

*Avant l'arrivée du Blanc en Amérique,
il y avait un million et demi de Natifs.
Lorsque débute ce récit, en 1890,
ils ne sont plus que 25 000…*

Cette histoire est un hommage
aux peuples persécutés.

« La terre a été faite sans frontière et ce n'est pas
à l'homme d'en tracer. Je vois des Blancs partout
dans ce pays qui s'enrichissent et je vois leur désir
de nous donner des terres sans valeur. (...)Le seul
qui a le droit d'en disposer est celui qui l'a créée.
Je réclame le droit de vivre sur ma terre et vous
accorde le privilège de vivre sur la vôtre. »
Hein-Mot Too-Yah-Lah-Ket,
« chef Joseph » des Nez-Percés.

« L'harmonie du geste et du cœur ne semble
pas appartenir aux valeurs de l'Homme blanc.
Car jamais il ne dit ce qu'il pense, mais fera
toujours ce qu'il n'a pas dit, à une exception : il
jura un jour de voler les terres de l'Indien. Il a
tenu parole, pour la première fois. »
Cheval Fou, chef dakota.

Avant-propos

Tatanka-Yotanka, «Taureau-Assis», le *Wissasha-Wakan Dakota*, «le Saint-Homme dakota», vient d'être assassiné. Ses fidèles fuient leur réserve, cherchant refuge auprès d'autres chefs dakotas. Une vingtaine de familles hunkpapas, minnecoujous lakotas et santees dakotas se joignent à la bande de Grands-Pieds, chef minnecoujou, à Cherry Creek.

Ces vestiges de tribus, issues de plusieurs peuples décimés, se dirigent vers la réserve de *Wahzee ohzu*, «Pine Ridge», pour se mettre sous la protection du chef *Mah pehyah cha*, «Nuage-Rouge», lorsque le 7ᵉ régiment de cavalerie du major Samuel Whiteside les intercepte et les désarme. Les soldats fouillent le campement avec un zèle peu commun. Ils s'emparent d'une dizaine de carabines, de trois ou quatre revolvers, jusqu'aux ustensiles de cuisine, couteaux à dépecer, racloirs à peaux, sans oublier les aiguilles à coudre. Grands-Pieds, réalisant qu'il lui serait impossible de se défendre en cas d'attaque d'une tribu ennemie, demande la protection des soldats, ce que le major promet sans restriction. Hélas, à l'arrivée du Colonel Forsyth, un autre chef blanc, les ordres sont différents : la bande de Grands-Pieds sera acheminée, par train de l'Union Pacific jusqu'à une prison d'Omaha, dans le Nebraska. En attendant le départ, l'armée rassemble les villageois sur la plaine venteuse de *Chankpe-Opi-Wakpala*, une crique nommée « Wounded Knee ». C'est en ce lieu tragique que cette histoire commence…

Dans le premier chapitre, la situation du village, l'action et les dialogues au cours du carnage sont authentiques[1].

1 - Mc Gregor, James H., *The Wounded Knee Massacre: From the View Point of the Sioux,* Rapid City, South Dakota, Fenske Printing, 1940.
Brown, Dee, *Bury My heart at Wounded Knee*, New-York, Holt, Rinehart and Winston, 1970.

Chapitre 1

L'automne agonisant teinte les collines de ses plus jolies couleurs. Une beauté un peu triste qui donne au paysage une aura de paix et pousse le cœur de l'homme à la nostalgie des temps anciens.

Rien ne semble réel.

Ainsi que le disent les Lakotas: «Wah-neh-eh-too». «L'hiver commence», avec ses brumes profondes et ses tempêtes glacées. Pour les Natifs, affamés depuis des semaines, le froid est impitoyable. Leurs souvenirs les plus lointains n'ont pas retenu un seul hiver qui lui soit comparable. Les corps et les esprits sont à bout de force, d'espoir…

Ce matin-là, les restes d'une violente tempête parcourent le ciel; une neige légère volette sur ce paysage que le peuple rouge vénère depuis plus de mille printemps. Il est devenu lugubre, même aux yeux des enfants trop innocents pour comprendre. La campagne est blanche, jolie comme une fourrure de renard arctique. Les tipis se dressent sur une plaine minuscule ensevelie sous la neige. Des griffes rocheuses aux reflets d'acier les cernent de toutes parts.

C'est la dernière lune de l'année. *Wih-iah-kih-noupah*, «celle durant laquelle les cerfs perdent leurs bois. »

La nuit du 29 décembre 1890.

Un blizzard soudain s'empare de l'espace, hurlant, démoniaque.

Une fin du monde!

Le tipi en cuir d'orignal, plongé dans une semi-obscurité, est parfois balayé d'éclats brillants, lorsque la clarté lunaire, crevant les bourrasques de neige, pénètre par l'ouverture à fumée située au sommet de la tente. Emmitouflé dans ses fourrures en laine de chien nordique, *Hokshenah In-yon-kah*, «Jeune-Garçon-qui-court», s'éveille. Il garde un moment les yeux fermés, repoussant d'autant l'instant du lever et le retour à la déplaisante réalité quotidienne. Il a dix-sept ans. Aussi loin que remonte sa mémoire, sa vie n'a été qu'une succession de jours sans joie. La colonisation de son pays par les Blancs s'est déroulée dans le sang de milliers de Dakotas, dont le seul tort avait été de défendre leur mode de vie ancestral. Son village ne compte plus que trois cent cinquante personnes, éreintées, exsangues, un vestige pathétique de la plus puissante nation des plaines.

Autour de lui, dans chaque tipi, règne un désespoir sans nom. Les villageois ont peu dormi, attendant anxieusement le soleil.

Sous sa tente, couché à même le sol, les pieds enveloppés de chiffons, car il n'a plus de chaussures, le vieux chef Grands-Pieds se tord de douleurs. La pneumonie le ronge. Il crache du sang depuis trois jours. Alors, geste étonnant, le major Whiteside fait porter un poêle dans son tipi et lui envoie son chirurgien.

Hokshenah affiche une moue désabusée à l'évocation de ce geste hypocrite. Le Blanc est difficile à comprendre : sans pitié, il enchaîne un peuple, s'apprête à le conduire en captivité, sans ignorer que tout au long de ce chemin fouetté par de glaciales tourmentes, des vieux, des femmes et des enfants périront de froid et de faim. Et quelle terrible ironie ose le bourreau avant de leur infliger ce terrible voyage ? Il distribue des sucreries à quelques enfants, plaisante avec les uns, s'apitoie sur les autres, flatte le chien malade et enfin, désinvolte, offre une couverture à un vieillard tout en contemplant dans l'indifférence l'agonie de ses enfants couchés dans le tipi voisin.

Hokshenah grimace de dégoût. On les envoie dans une réserve ! Les Blancs emploient le même terme pour désigner leurs parcs animaliers. Après tout, pourquoi pas. Les Premières Nations constituent aussi une espèce en voie d'extinction.

Ah, ces *Wasichus* ! Ces Blancs ! Mais qu'espérer d'une race qui attend la guérison du malade condamné à mort pour le pendre en bonne santé ?

Hokshenah tousse, la tête enfouie sous sa mince couverture. Dans la pénombre, il perçoit la respiration des cinq membres de sa famille: sa mère, son père et ses trois sœurs, deux gamines de quatorze et douze hivers et *Wakan-Yeja*, «celle qui est bénie», un bébé de huit mois. Hokshenah ouvre les yeux. Au-dessus de lui, les oreilles à fumée béantes découpent sur le ciel un cercle gris dans lequel danse une neige vaporeuse. Parfois, une bourrasque pénètre jusqu'à lui, l'oblige à plisser le nez. Le feu est éteint. Dans le bouquet d'arbres penchés sur la rivière, au nord du campement, l'écorce des pins craque sous la morsure du gel. D'un pied rageur, Hokshenah repousse sa couverture, se lève d'un bond, grognant d'impatience, de colère. Il est nu. Le froid le pousserait presque à gémir. Il se contient, serre les dents. Il est Natif!

Le jeune homme a l'estomac douloureux, torturé par la faim, cette faim qui rend l'hiver si difficile à supporter. Leurs réserves de vêtements et de nourriture avaient été détruites quelques semaines auparavant par la cavalerie afin de mieux les soumettre! Il ne leur reste rien. Les *parfleches*[1] à viande sont vides. Des privations draconiennes les accablent depuis des mois. Les Dakotas n'ont plus le

---

1 - Note de l'auteur: Parfleche: Selon «L'Encyclopédie des Indiens d'Amérique», le mot est français, mais sans accent puisque il est passé dans la langue anglaise. Vraisemblablement composé des substantifs par - pour - les flèches. Le parfleche sert à transporter la viande. Les Natifs des Montagnes Rocheuses l'utilisaient pour leurs vêtements.

droit de chasser; dorénavant, le gibier n'appartient qu'aux Blancs qui tuent l'animal à viande pour passer le temps, pour le «sport». Les Dakotas doivent quémander leur pitance infâme. Cette semaine, les rations quotidiennes se composent de quelques haricots et d'une poignée de farine grouillante de vermine. Une générosité d'Homme blanc. Que le ciel les foudroie!

Pareille nourriture ne garderait pas même un chien en vie. À cette pensée, le jeune homme sourit. C'est probablement pour cela que son peuple est capable de survivre; aux yeux des Blancs, les Natifs représentent moins que des chiens. Le magasinier de leur ancienne réserve devait le savoir, lui qui avait conseillé aux Peaux-Rouges de manger de l'herbe!

Sans même prendre le temps de s'habiller, le garçon allume le feu; dès que la mèche d'amadou rougeoie, il enflamme une poignée de fines lamelles d'écorce de bouleau, soigneusement préparées la veille et dispose dessus quelques brindilles. Une odorante flambée illumine bientôt la petite habitation de peau. La lumière mouvante nimbe le corps d'Hokshenah d'un halo animé, en sculpte les contours à coups d'ombre et de clarté. C'est un jeune géant de plus de six pieds. Malgré une maigreur certaine due à la malnutrition, le corps est harmonieux, bien proportionné, les muscles noueux comme la racine du peuplier, l'arbre sacré; une poitrine puissante, des jambes vigoureuses; un adolescent solide comme une corde d'arc!

Hokshenah soulève l'écusson de cuir écru couvrant l'entrée, passe la tête à l'extérieur. L'aube bleutée effleure les collines hérissées de tentes bariolées. Triste quotidien!

Ah-Keh-Che-Tah Doh-ke-yah-kah-sh'dah! Il y a des soldats, partout!

Le jeune homme pousse un cri de colère étouffé. Ils ont installé quatre canons Hotchkiss à longue portée sur des collines en surplomb du village. Craignent-ils à ce point une petite bande de ventres creux, femmes, enfants et vieillards terrorisés, désarmés? Le Blanc est parfois ridicule.

Hokshenah secoue la tête avec accablement. Depuis sa naissance, il n'a jamais été autre chose qu'un vagabond couvert de haillons.

Il emplit de neige une gamelle rouillée qu'il place directement au cœur des flammes. La clarté ondoyante joue dans sa chevelure noire tombant librement sur ses larges épaules, y glisse des reflets roux, puis s'empare de son visage aux traits délicats. Une beauté de fille. Raison pour laquelle, durant sa petite enfance, sa mère, suivant consciencieusement toutes les traditions, l'appelait *Hokchehopah winchin yonah*, «l'enfant fille». De fait, il avait porté des robes jusqu'à sa huitième année, âge où il a rejoint les autres garçons qui, chaque jour, s'asseyaient avec un vieux Sage qui leur enseignait l'histoire de la tribu et de leurs familles. L'adolescent sourit. C'est bien là un des rares souvenirs plaisants qui remonte jusqu'à lui du fouillis des jours enfuis. Ses lèvres charnues se soulèvent sur les côtés en une sorte de rictus, découvrant ses canines mal alignées. Hokshenah se penche sur le foyer, délaie sa portion de farine dans l'eau tiède et s'habille. Son corps est devenu blême par l'épreuve qu'il s'impose chaque matin afin de raffermir les muscles de son corps et la volonté de son esprit. C'est ainsi que l'homme devient guerrier. Hokshenah sera un jour aussi fort que l'a été *Tashunka witko*, «Cheval-Fou». Puis, comme son illustre aîné l'a fait, il luttera pour les siens, leur mode de vie, leur fierté.

Le jeune garçon frissonne, mais le froid n'en est plus la cause. Hokshenah est désemparé. Qu'importe la température et la faim lorsque l'esprit vacille, à la limite de la folie, inapte à comprendre la raison des malheurs qui s'abattent sur sa nation. Les Natifs avaient pourtant reçu les Blancs avec amitié lorsqu'ils avaient débarqué sur leur terre pour la première fois. Pourquoi l'Homme rouge doit-il à ce point souffrir d'avoir été crédule, puis mourir de manière aussi méprisable? Un guerrier doit quitter ce monde au combat, non en vagabond galeux. Hokshenah jette un regard dédaigneux sur les hardes honteuses qui le couvrent. Neufs, ces vêtements avaient pourtant été jadis sa précieuse tenue de cérémonies, fêtes et mariages. Dieux de la terre et du ciel! Un costume dont il avait lui-même assoupli les peaux à l'aide d'une baguette de merisier, puis il les avait mâchées de longues heures, à en avoir un lancinant mal de tête. Plus tard, lorsque sa mère en eut achevé l'assemblage, il avait décoré la belle tenue de plumes d'aigles et d'aiguilles de porc-épic artistiquement colorées.

À présent, obligé de fuir sans cesse devant la cavalerie, les colons voleurs de terres et les chercheurs d'or et de traverser sans méfiance ces régions dévastées par leurs maladies, les Dakotas n'ont plus le temps de chasser, de confectionner des vêtements, de manger, ni même de faire des enfants. Il n'y a pas eu une seule femme enceinte dans le village depuis onze lunes. Chasser! Même s'ils le pouvaient, à quoi bon. La viande sauvage n'existe plus. La dernière chasse au bison du père d'Hokshenah remonte à l'année 1882. Depuis, la main de Wakan-Tanka a refermé la grotte légendaire d'où le bison jaillissait au printemps des entrailles de la Terre-Mère, *Tah-Tan-Kah-Cha*, «le frère bison». Durant la jeunesse de son grand-père, une migration de bisons pouvait recouvrir la plus grande des plaines, d'un horizon à l'autre. Soixante millions de bêtes! Il en reste à peine quatre cents têtes, dans un parc touristique du Montana. Mais le retour de l'animal fabuleux ne changerait rien à la situation des Dakotas. Le Blanc a confisqué les armes traditionnelles depuis longtemps. Ils sont démunis de tout; chacun porte sur soi ses ultimes biens terrestres. Les Dakotas, seigneurs incontestés de la plaine du temps de leur splendeur, sont devenus des mendiants pouilleux.

Pour dormir, ils ne se déshabillent plus, toujours prêts à fuir. Surpris sans vêtements par une attaque nocturne, la spécialité des Blancs, ils meurent gelés en quelques minutes. Cela s'est produit dans plusieurs clans d'exilés. Les bannis n'avaient jamais la possibilité de se vêtir. Ils prenaient la route de la déportation dans l'état où ils se trouvaient au moment de l'attaque de leur village. À demi nus.

Hokshenah tourne son visage vers la porte, située à l'est, là où naît le soleil, créateur de la vie. Il tend les mains devant lui, paumes vers le ciel. « Ô Wakan-Tanka, pourquoi abandonnes-tu tes enfants? Nos grands chefs sont morts. La Nation dakota est en pleine déroute, harcelée, dispersée! »

Combien de tribus ont été totalement annihilées par d'autres moyens tout aussi sournois, comme les Mandans, ce peuple cousin des Dakotas, emporté par une épidémie de variole volontairement transmise par les Blancs à l'aide de couvertures souillées, récupérées dans des centres pour maladies contagieuses et distribuées dans les réserves. Un plan diabolique pour se débarrasser des indigènes sans avoir à les combattre. Et voilà que ce matin, la bande de Grands-Pieds est en route pour la prison. Pire que la mort!

Dans le lointain, une cloche égrène lugubrement les heures. Elle projette dans l'air vibrant de froid sa litanie, comme un sanglot répercuté par le flanc des montagnes, multiplié par le dessin capricieux du paysage, vallées planes et canyons insondables. De droite et de gauche, d'autres villages joignent leurs carillons à cette débauche de sons étranges. Les hautes maisons pointues qui abritent la croyance des envahisseurs jettent un rire moqueur au peuple martyr en route vers son anéantissement. L'adolescent n'ignore pas que pour les Blancs, ces cloches sont porteuses de joie et bourdonnent pour rappeler la proximité des célébrations de Noël.

C'est probablement pour effacer de leurs cœurs jusqu'au plus infime sentiment de culpabilité que les Blancs du Sud refusent aux autochtones la nationalité américaine. Ils ne sont rien, eux qui vivent sur ce continent depuis vingt-cinq mille ans. Des « non-hommes ». Anéantir le peuple dakota n'était donc plus un crime, mais un geste banal, inévitable et nécessaire.

Aux abords du campement rôde un coyote solitaire. De temps à autre, enragé par la faim et le froid, il lance des jappements brefs, semblables au rire aigu d'un enfant. Au village, personne ne rit plus comme autrefois. Il y a si longtemps que la jeunesse ne sait plus sourire ; elle en a perdu le goût, l'habitude. Ils sont de plus en plus nombreux ceux qui n'ont même pas le désir de vivre. Depuis que ses territoires de chasse ont été confisqués, la tribu est obligée de fuir l'avancée des colonisateurs et il n'est pas rare de découvrir, au petit matin, des corps allongés nus dans la neige ou pendus à des arbres. Jamais auparavant les Natifs dakotas n'auraient songé au suicide pour échapper à une situation pénible. Au printemps dernier, ils luttaient encore pour préserver leurs droits, les femmes aussi bien que les hommes, avec leurs pieds et leurs poings, leurs ongles et leurs dents, jusqu'à la mort, si nécessaire. Cette volonté de se battre n'existe plus au cœur des Premières Nations. Les Natifs de tous les peuples ont été vaincus, par les armes, mais aussi, plus tragiquement, au plus profond de leurs esprits.

Le coyote s'est rapproché du tipi. Il gémit, pathétique. Hokshenah aimerait lui répondre ; avec ses seules mains ou à l'aide de simples herbes, il sait imiter, à s'y méprendre, tous les animaux de la forêt. Le jeune homme n'en a pas le cœur. Son âme est saturée par les images effrayantes du destin qui les attend. De nombreuses tribus ont été décimées durant des exodes impitoyables vers les plaines arides et sans gibier que leur octroyaient les traités. Il faudra au moins huit jours de marche pour atteindre la gare d'embarquement. Un long calvaire, dans un froid qui fait éclater les rochers et fend le tronc des arbres les plus durs. Hokshenah hoche la tête. Ses yeux s'emplissent de larmes. Ô Wakan-Tanka, protège ton peuple !

La sonnerie du clairon rompt le silence. Hokshenah imagine une étoile filante traversant un ciel d'été sans nuage. Il sursaute, puis ses traits s'apaisent. Son tempérament de jeune guerrier se montre sensible à cette mélodie guerrière de la trompette. L'adolescent possède aussi un instrument de musique, certes moins sophistiqué, mais il l'a taillé et ouvragé lui-même dans une corne de bison.

Dans la pénombre du tipi, les parents d'Hokshenah dorment, recroquevillés les uns contre les autres afin de conserver le plus de chaleur possible. Leurs corps mêlés forment une masse compacte qui de temps à autres se meut avec un gémissement d'ensemble, faisant penser à un gros animal en léthargie. Le garçon promène autour de lui un regard troublé. La tente en lambeaux laisse voir le jour par vingt déchirures, les piquets fendus sont rafistolés avec des tresses en herbes des marais...

Grand-Esprit! L'écusson de l'entrée vient d'être violemment repoussé. Une silhouette inconnue occulte la clarté de l'aube. Habitué à vivre sur la défensive, prêt à lutter pour sa vie à chaque instant, Hokshenah saisit une longue spatule à neige et la brandit vers cet ennemi potentiel dans la seconde qui suit son intrusion.

La lumière extérieure avantage l'étranger qui est à contre-jour. L'adolescent ne peut déceler dans ses yeux l'action qu'il va entreprendre. Tout va très vite. L'homme lève vivement sa carabine et en abat la crosse sur le visage du jeune dakota. La violence du coup lui fait éclater l'arcade sourcilière et l'envoie rudement au sol. À demi inconscient,

Hokshenah tarde à se relever, exaspérant un peu plus le Blanc. Le sang de sa blessure l'aveugle. Les objets qui l'entourent lui parviennent à travers un voile opaque. Il s'essuie d'une main tremblante de faiblesse.

— Hors d'ici, bande de larves! hurle l'intrus, cognant du pied les corps endormis qui s'agitent, grognent, résistent un peu.

Puis, reconnaissant la voix d'un Wasichu, les dormeurs se lèvent rapidement, sans émettre une plainte.

Par un froid inhumain, les Dakotas sont jetés dehors, leurs loques misérables sur le dos et rassemblés sur la place délimitée par les tipis dressés en cercle. Ils piétinent la neige épaisse, pieds nus pour la plupart. Transis, tremblant de terreur face à l'incompréhensible, ils n'osent ni se regarder ni s'interpeller pour avoir un peu de réconfort. Un soldat rudoie la famille d'Hokshenah du canon de sa carabine. Ses courtes tresses tombant sur ses épaules désignent indubitablement l'identité de l'agresseur : un auxiliaire autochtone, probablement de la tribu des Crows, les ennemis héréditaires des Dakotas.

— Rassemblement au centre du village. Bougez, damnit! Ils comprennent rien ces imbéciles! lance un soldat imberbe qui ne doit pas avoir plus de seize ans.

Un officier barbu s'approche du groupe récalcitrant.

— Font la mauvaise tête, soldat? Remuez-vous les chiennes rouges, lance-t-il en brandissant son revolver.

À ces mots, le père d'Hokshenah bondit, outragé. L'envahisseur qui occupe sa terre ne connaît toujours pas ses habitants! Il confond encore Dakotas et Cheyennes, appelant les uns des Sioux et les autres des «Chiennes», parce qu'un fou sanguinaire nommé Armstrong Custer pensait que le mot était français.

— *Sh'ne Dzitsitsa. T'kah ehson yahteh Dakota. Oyateh ohsh'pahyé, sis yoton wans!*

— Shit, qu'est-ce qu'il raconte ce vieux débris? grogne l'officier.

— Qu'il n'est pas Dzitsitsa.

— D'ici et d'ça! C'est quoi ce jargon?

— Les Cheyennes s'appellent eux-mêmes les Dzitsitsa, le Peuple. Ce vieux crétin orgueilleux tient à ses origines, dirait-on. Il vous annonce qu'il est du groupe des Dakotas, de la branche Santee et que sa tribu est celle du Peuple des Marais!

— Quel cirque…! Et ça devrait me faire quelque chose?

— À ses yeux, en tout cas, la chose semble importante.

— For me, anyway, Cheyennes or Dakotas, that's the same rubbish!

— Yes sir! Comme vous le dites. Tous, les mêmes détritus!

— Remuez-vous les fesses, fiers Dakotas!

Et les voilà regroupés... survivants de vingt tribus disloquées, errants sur la plaine. Une semblable détresse les unit. Ils n'ont plus de pays, plus un seul endroit où vivre en paix sur cette terre ; leur foi en la destinée est morte depuis longtemps déjà.

Deux cent trente femmes et enfants et cent vingt hommes, dont une vingtaine de guerriers désarmés, ne formant qu'un peuple, comme une ethnie nouvelle, précaire, faite de désespoir et de souffrance. En haillons ou presque nus, selon le temps que le Wasichu leur a laissé pour sortir, la plupart sont épuisés, affamés et malades ! Grands-Pieds leur avait pourtant recommandé de dormir habillés. Mais ce n'est plus le moment pour les regrets. Les pauvres gens se dévisagent, les yeux remplis d'angoisse, cherchant dans le regard du compagnon d'infortune, qui se tient tout près, un signe d'espoir, aussi infime soit-il. De tous côtés, un cercle de fusils menaçants les paralyse aussi impitoyablement que la froidure de l'hiver. Le cercle, forme sacrée des Dakotas, est devenu symbole de mauvais présage... Une atmosphère de tragédie écrase le village. Le Wasichu a le pouvoir de tuer ou de laisser vivre. Jouissance suprême du chasseur. Le Blanc joue à être le Créateur.

Sur un ordre sec de l'officier supérieur, les soldats reculent de quelques pas, carabines braquées sur les misérables terrorisés.

Autour d'Hokshenah, les gens s'agitent, anxieux. Tous se posent d'angoissantes questions qui demeurent sans réponse. Les jeunes enfants, peu vêtus, hurlent de faim, de froid, et, sans même s'en rendre compte, de frayeur. Une fillette arapaho se met à prier dans une langue que ses voisins ne comprennent pas. La froidure infernale déchire les corps sans défense. Devant Hokshenah, un bébé cheyenne, la tête sur l'épaule de sa mère, ses bras maigres autour de son cou, a les mains et le visage violacés. La femme ne semble pas s'en apercevoir. Hokshenah lui touche le bras, désigne les membres bleuis de l'enfant. Elle lui jette un regard vide. Hokshenah couvre le bébé du mieux qu'il peut et reprend sa place auprès de ses parents. Il comprend cette jeune femme. En de telles circonstances, la mort de son bébé serait plus un bienfait qu'un sujet d'affliction. Hokshenah a entendu parler de ces femmes désespérées qui étouffaient leur nouveau-né pour leur éviter la vie pitoyable de réfugiés.

— Rendez-vous! crie un officier de cavalerie.

Quelques rires moqueurs fusent. Cet homme ose-t-il faire de l'humour?

Le silence retombe, écrasant, étrange aussi. L'air ne bouge plus, le temps et les émotions paraissent immobilisés; une tension insoutenable, pareille à celle qui précède l'attaque du crotale contre la belette. Soudain, ce calme trompeur se déchire, rompu par un bruit infime qui passerait probablement inaperçu si quelques vieillards, rescapés d'autres tueries, ne l'avaient déjà entendu…

Et alors que la majorité demeure immobile, comme indifférente, ces villageois sursautent. Ils savent sans aucun doute possible ce qui va se passer. Une étrange litanie franchit bientôt leurs lèvres frissonnantes de froid, une mélopée grave, désabusée : leur chant de mort. Pour eux seuls, le bruit s'est fait assourdissant, un bruit métallique qui a effacé dans ce petit groupe d'âmes perdues jusqu'au moindre murmure de peur. Le cliquetis court sur les hauteurs du village en fait le tour, passe d'une colline à l'autre. Un cercle parfait, cycle de la vie et de la mort. Celui des canons que l'on charge… Un message clair. Tous reprennent le chant des anciens, signifiant à Petite-Mère, la Terre, leur départ à jamais.

Et, de nouveau, ce silence. Les enfants se taisent. Les adultes retiennent leur souffle. Même les bébés semblent comprendre la tragédie qui se met en place. Ils cessent de pleurer. Un silence total. La fillette arapaho reprend sa prière.

— Donnez le reste de vos armes ! ordonne le major américain.

— Nous n'en avons aucune ! s'exclame Grands-Pieds.

— Laissez tomber vos couvertures, qu'on voie vos mains !

À cet instant, *T'kahna-Zee*, «Oiseau Jaune», fait sur place les premiers pas de la Danse des Esprits. Il chante en langue dakota : «La prairie est grande, les balles n'iront pas vers vous... N'ayez aucune peur, mes frères!»

Puis, au-delà des collines, retentit le cri *Wok-Tah!* Alarme! lancé par un jeune dakota. Aussitôt, l'enfer se déchaîne! Les quatre canons ouvrent le feu sur la foule, soutenus par les deux cents mitraillettes Gatling de la troupe.

Pourquoi, Wakan-Tanka?

Mitraillés de toutes parts, les villageois tentent de fuir. Hélas, où qu'ils aillent se lève un fusil, tonne un canon, pulvérisant en une fraction de seconde des familles entières, des groupes d'enfants affolés.

Ô soldats féroces à l'âme haineuse!

Les supplications de la mère, les pleurs du nouveau-né ne constituent pas le plus léger obstacle à la barbarie. En quelques hallucinantes secondes, le sol est jonché de corps. Les blessés tendent leurs bras suppliants vers les bourreaux qui en rient aux éclats. Ils ont reçu l'ordre de «se débarrasser de la menace que représentent les Natifs d'Amérique, qu'importe leur race».

Les cris des agonisants n'éveillent pas la moindre pitié, le moindre appel à la mansuétude. Bien au contraire, ces lamentations ne font qu'exciter davantage les tueurs qui, sans remords, la bouche déformée par de grossières plaisanteries, achèvent les blessés.

Une jeune Cheyenne, la poitrine transpercée de six balles, en un ultime effort, se traîne jusqu'à son enfant pour lui faire un rempart de son corps. Elle y parvient après une longue reptation ensanglantant la neige dans son sillage. Enfin, elle rejoint le petit être qui lance des cris déchirants, pareil à un jeune animal pris au piège. La femme se couche sur lui. Un soldat a vu ce geste protecteur. Avec une plaisanterie obscène, il appuie son fusil dans les reins de la femme et tire. La balle traverse la mère et l'enfant. L'homme s'esclaffe :

— Un coup pour deux. Économie !

Il croise un jeune enfant.

— Toi, mon fils de p..., tu verras pas s'lever l'soleil !

D'un coup de sa botte ferrée, l'homme fait éclater le crâne du petit Cheyenne.

Sur la plaine inondée de sang, ce ne sont que hurlements de peur, d'horreur, de douleur, qui se mêlent à l'air saturé de violence débridée, formant un grondement continu, comme un galop de bisons dans le lointain. Un dernier galop… !

Les soldats à la tunique bleue parcourent la rangée de tentes, achevant au sabre blessés et moribonds. Sur une élévation rocheuse, trois officiers, dont le médecin du régiment, font un concours de tir, prenant pour cible un groupe d'enfants qu'un vieil homme essaie de conduire à l'abri d'une crevasse au pied de la montagne. On trouve partout des corps d'enfants déchiquetés par les obus. Les canonniers s'amusent. Impossible d'échapper à cette furie.

Hokshenah aperçoit le cadavre d'une jeune fille agenouillée, tenant une couverture sur sa tête. À trois pas, une autre, encore vivante, est recroquevillée dans la position du fœtus, robe relevée sur le visage. L'adolescent ne comprend pas. Plus loin, il voit un soldat rassembler un groupe de fillettes devant un sergent qui les abat les unes après les autres, d'une balle dans la nuque. C'est donc cela, songe Hokshenah avec un sanglot dans la gorge, ces petites filles se dissimulent la tête afin de ne pas voir la mort approcher. Le cœur d'Hokshenah souffre mille agonies. Cette folie !

Hokshenah fuit, comme tous ceux qui en sont encore capables avant que les balles ne les fauchent. Derrière lui meurent ceux qu'il aime, mais il ne peut leur venir en aide. Hokshenah court, l'âme honteuse, le cœur enragé, sans se retourner. Il bute sur des blessés qui l'appellent, suppliants... Il reconnaît parfois en eux des amis, des membres de sa propre famille. Hokshenah fuit les lieux du carnage sans même ralentir. La terreur le fait bondir comme un animal sauvage, tous les sens en alerte.

— *Soon-Kah... Ohkey yah... m'nee...*

Celui-ci l'appelle « petit frère » et lui réclame de l'eau. L'adolescent accélère sa course. D'ailleurs, où trouverait-il de l'eau? Sur son chemin, un vieil homme qui venait souvent rendre visite à ses parents. Un sage. Hokshenah éprouvait pour lui un profond respect. Le vieux tend la main vers lui, prononce son nom... Le jeune homme hésite, mais s'arrêter signifie sa propre mort. Alors, contenant ce hurlement que la colère fait rugir dans sa poitrine, le faisant vaciller comme ivre, Hokshenah détourne la tête et poursuit sa fuite hallucinante.

Il ne peut secourir personne. Sa peur est trop grande, la mort trop proche pour que prenne place le geste secourable, l'acte de bravoure. Chacun ici défend sa propre vie. Hokshenah fuit, sourd aux implorations jaillissant de tous côtés. Son peuple est sur le point de disparaître à jamais, et lui, il s'éloigne avec cet effroi hideux planté au plus profond de son être.

— *Waho keyah!...*

Les malheureux crient au secours! Hokshenah va plus vite encore! *M'nee...* Cette femme qui lui demande à boire, l'appelle guerrier, lui, le chien peureux, le lâche, qui recherche la sécurité du bois, sur la montagne, allant droit devant lui, étranger à toute douleur qui n'est pas la sienne.

L'enfer!

— On a vengé Custer, damnit! lance un soldat. Son capitaine se met à rire et abat une fillette de trois ans...

Hokshenah entend ces mots concernant la mort d'Armstrong Custer avec consternation.

Oser comparer ce massacre de villageois sans défense avec la bataille de Little Big Horn! Bien que là encore, il avait fallu compter avec la déloyauté habituelle du colonel Custer, lui qui menait toujours son 7e régiment de cavalerie au massacre dès l'aurore. Il savait que les autochtones, surpris en plein sommeil, seraient sans défense. C'est pourquoi les gens de la plaine avaient surnommé l'orgueilleux «Étoile du matin». Le Blanc manque de discernement. Il tue la femme et l'enfant innocents afin de détruire une culture dont il a peur et, poussé par une semblable ignorance, écrase la tarentule qui n'a pas plus de venin qu'une abeille.

Dès le début du carnage, Hokshenah se trouve séparé des siens. Il ne songe bientôt plus à eux, son énergie concentrée sur sa propre survie. Son comportement l'horrifie, mais il veut vivre! L'instant est trop bouleversant, l'esprit ne sait plus raisonner avec logique ni pondération.

Bientôt, faute de cibles, la fusillade diminue en intensité, sans pour autant prendre fin.

Puis, survient ce fait empreint d'une triste ironie qui plus tard servira aux Blancs à se prétendre victimes dans cette boucherie insensée. En raison de leurs tirs croisés, de cette impatience à «effacer du sauvage», les soldats tirent droit devant eux, sans chercher à savoir où frapperont les balles perdues. Ils s'abattent ainsi les uns les autres. Le régiment compte vingt-cinq morts et une soixantaine de blessés, alors que les Dakotas n'ont pas tiré un seul coup de feu !

Hokshenah est fou de douleur. Il a vu tomber son père, ses jeunes sœurs, ses oncles, des cousins. Et il la voit, celle qui lui a donné la vie… la mère si tendrement aimée, les traits de son beau visage tourmentés par la mort injuste qui l'emporte. Hokshenah s'agenouille, pose un baiser sur son front encore tiède et reprend sa fuite, la gorge obstruée par un sanglot qui secoue tout son corps.

Les canons se taisent dans un ensemble saisissant. Hébétés, Cheyennes et Dakotas survivants courent en tous sens, pareils à des chevaux sauvages orientés vers une vallée sans issue. Entre deux tipis, un soldat immense se dresse face à l'adolescent. À court de munitions, l'homme brandit sa carabine par le canon. Hokshenah n'a pas le temps d'avoir peur. Expert au combat à mains nues, il évite aisément le coup de crosse et, s'emparant au sol d'un court piquet de porte taillé en biseau, se jette sur le Wasichu. L'épieu s'enfonce profondément dans le ventre du soldat. Un rictus écœuré déforme la bouche du jeune homme.

Soudain, tout cesse ! Le silence s'installe, impudique, effrayant mélange d'angoisse et de désespoir. Un silence qui fait mal jusque dans les fibres profondes des êtres où il creuse son vide immense, sorte de néant. Le clairon égrène de nouveau ses notes gaies parmi les rafales glaciales du vent. Toute pudeur abolie, la mélodie parcourt le charnier.

Hokshenah atteint la sécurité d'un canyon. Un calme pesant l'emprisonne, lui glace l'âme et le cœur. Sans réfléchir, il se glisse dans une anfractuosité béante dans le flanc de la montagne, réalisant seulement à cet instant à quel point sa course éperdue l'a réchauffé. Dès qu'il s'arrête, l'implacable froidure gagne rapidement ses membres et sa tête dénudée. Un froid capable de tuer un loup en dix minutes. Il laisse échapper une plainte. Mais puisqu'il n'est pas un loup, tous les espoirs lui sont permis. Ce sarcasme lui donnerait presque envie de sourire. Dans sa prime jeunesse, Hokshenah passait pour être un compagnon agréable, la plaisanterie facile toujours à la bouche. Mais c'était avant… une éternité !

Ah ! Ce froid… Qu'il vienne ! Il trouvera en Hokshenah une victime consentante. L'adolescent ne fait rien pour lutter contre l'engourdissement qui le gagne ; le voilà déjà incapable de raisonner sainement ou de réagir. Ses pieds sont insensibles et ses mains, sans autre protection que le gras d'orignal dont il les a enduites à son réveil, prennent des tons mauves qui ne trompent pas. En commençant par l'extrémité de ses membres, la vie le quitte. Sans bruit, presque paisiblement, sans inutiles pensées, Hokshenah rejoint ses ancêtres. Curieusement, alors que quelques instants plus tôt, il fuyait les soldats afin de préserver sa vie, elle lui apparaît maintenant comme un fardeau qu'il se sent incapable de mener plus loin. En vérité, s'il décide de mourir, ce sera son choix, non celui de l'étranger. Quelques minutes de plus suffiront... Et il partirait, avec au fond des yeux la vision cauchemardesque d'une plaine couverte des cadavres de son peuple. Tout ce qui avait constitué la raison de sa vie venait de s'éteindre en lui.

Devant la cachette d'Hokshenah, sur un chêne aux formes torturées par le temps et les rigueurs de nombreux hivers, une pariade de corbeaux géants protestent, véhéments, à l'arrivée d'un Grand duc. Hokshenah est l'oiseau noir. Il éprouve une sensation de vide qui l'envahit inexorablement ; une vacuité hallucinante ; l'esprit se fait néant. L'adolescent sombre dans un gouffre sans fond. Il devient ce vide, en fait partie intégrante.

Les soldats brûlent le village et abattent huit cents poneys puis, besogne accomplie, ils se mettent en route en chantant une aimable marche militaire qui vante les vertus d'une fiancée se languissant au pays. Le retour des héros. Ils peuvent en effet se montrer fiers de leurs exploits, ces soldats américains qui viennent de pacifier une tribu rebelle agressive, ainsi que le clameront tous les journaux du pays. Dans leur sillage se traîne une poignée de rescapés, quarante femmes et enfants, petite troupe vibrante et bourdonnante de lamentations et de pleurs ininterrompus. La plupart mourront de froid en chemin. Avançant sur les flancs de la pitoyable colonne, les soldats sont aux aguets, doigt sur la détente.

— Avec ces sauvages, faut se méfier! avait lancé un tout jeune lieutenant.

Au bout d'un bâton posé sur son épaule, pendent une trentaine de scalps, dont une dizaine ne se compose que de très courtes nattes; ceux des enfants lui seront payés vingt-cinq dollars par le gouverneur, les chevelures des femmes cinquante, et cent dollars celles des hommes. Pour les soldats de ce régiment, c'est une bonne journée. Beaucoup d'entre eux viennent de gagner suffisamment d'argent pour s'acheter une petite ferme et quelques bovins.

Le défilé des rescapés passe devant le trou de rocher où se dissimule l'adolescent. Hébété, il observe la scène avec une lassitude proche de l'indifférence. Il n'a plus l'énergie de penser, de se rebeller, ni même de pleurer. Son cœur se débat à grands coups dans sa poitrine. Le jeune homme ne cherche pas un visage en particulier parmi cette misère qui défile sous ses yeux hagards. Il les connaît tous depuis sa naissance. Parmi eux, il n'aperçoit pas un seul membre de sa famille. C'est mieux ainsi. Les survivants iront en prison. Pour un Dakota, la mort est préférable.

Ici et là, Hokshenah perçoit des détonations isolées. Quelques soldats demeurés sur place finissent le travail. C'est le «nettoyage» final imposé par les officiers. Enfin, tout se tait. Ne demeure que cette désolation, l'anéantissement d'un peuple. Hokshenah ferme les yeux. Le silence s'empare de son esprit, l'écrase d'un seul coup. Il pourrait presque imaginer l'endroit paisible. Sorte de geste pudique du Maître des choses, le froid conserve masquée l'odeur du charnier, comme si la tuerie n'avait pas eu lieu en cette jolie vallée. Dans la tête du jeune garçon se produit alors un phénomène curieux: son cerveau refuse l'ignoble réalité, la repousse. Il y a les piquets des tentes qui brûlent un peu partout, dégageant leur arôme épicé de pin, de cèdre ou de bouleau, suivant la région où nomadisaient les familles quand elles ont coupé le bois. Ces enivrantes senteurs prennent sur les lèvres d'Hokshenah le goût du passé, lui rappellent la tendresse qu'il partageait avec les siens. Illusion amère!

Un peuple disparaît de ce monde parce qu'un autre a décidé d'envahir son pays. Aux yeux du Wasichu, dirait-on, l'oiseau bleu vole mieux que le vert et l'once de métal jaune vaut plus que la vie d'un petit enfant à peau brune.

Chapitre 2

Lorsque les soldats ont disparu derrière la montagne étincelante de givre, Hokshenah quitte sa cachette et retourne dans le camp dévasté. Il erre, sans but véritable, ne parvenant pas à tourner définitivement le dos à ce que fut son peuple. Mais à quoi bon s'accrocher au passé. La vie ici n'existe plus. Les soldats ont égorgé jusqu'aux chiens.

Hokshenah laisse courir son regard sur la plaine blanche, vers l'horizon où se découpent les sommets bleutés de *Paha-Sapah*, les Collines Noires sacrées. Le paysage avait toujours mis l'allégresse en son cœur. À présent, la morosité colle au décor, telle une gale. Quand le Blanc passe, la beauté s'étiole et meurt.

Soudain, le cœur d'Hokshenah marque un temps d'arrêt. Par Wakan-Tanka! Le vent lui apporte un son de… un animal peut-être? Il tend l'oreille, se concentre avec toute l'acuité de ses sens d'homme vivant en harmonie avec la nature. Ce n'est assurément pas une bête... Voilà! Il en discerne l'origine avec plus de précision à mesure que ses pas l'en rapprochent. C'est un gémissement, faible, une sorte de sanglot. Le jeune homme s'élance, oubliant ses propres maux. Une autre misère atténue la sienne. Quelqu'un vit! Le son se transforme en murmure... puis en prière.

La voix se rapproche, elle appartient à un enfant! Une hécatombe a pris place en ces funestes lieux mais la vie persiste, s'attache de toutes ses forces à la Terre-Mère. Si c'est là un geste de mansuétude du Grand-Esprit, béni soit-il!

Hokshenah reprend sa course. Un espoir neuf l'accompagne. Il cherche une vie, ô combien plus noble est la tâche que celle qui peu auparavant le poussait à s'enfuir. Il inspecte en tous sens, fébrile, les moindres recoins des ruines fumantes pour trouver la source de ces pleurs. Il la découvre dans un tipi à demi renversé. Une fillette cheyenne, recroquevillée sur elle-même, tremblante de froid, d'épouvante. Hokshenah effleure son épaule.

— *Tonkche teh s'dhenah!...* Petite sœur...

Elle tressaille, pousse un cri de bête blessée en recouvrant vivement de son corps le paquet de hardes qu'elle tient serré contre sa poitrine.

— *Sh'ne Kouthe!* gémit-elle.

— Calme-toi, petite fille, je ne prendrai pas tes affaires. *Koh-Lah!* Ami!

Sans brusquerie, Hokshenah fait glisser la peau d'orignal qui dissimule partiellement le visage de la fillette. Malgré la suie et la crasse couvrant ses traits, il la pense jolie, estimant en outre qu'elle ne peut avoir plus d'une quinzaine de printemps. La jeune fille pose sur Hokshenah ses grands yeux noirs remplis de terreur. Entre ses bras, le paquet de linges s'agite faiblement. Elle le ramène brusquement vers son ventre en un geste protecteur. Un petit cri s'en échappe.

Un chiot qui vagit! Hokshenah plisse les lèvres, sorte de sourire...

— Ne crains rien, jeune fille, je ne prendrai pas ton petit compagnon.

Un chien! Chacun trouve ce qu'il peut afin de ne pas sombrer dans le désespoir. Au milieu de la folie des hommes, la bête innocente est bien le meilleur remède à la peine. Hokshenah a souvent vu des enfants affamés partageant leurs maigres provisions avec un animal. Le jeune garçon envie la fille cheyenne. Avec *Shoon-Kah*, son chien, elle n'est pas seule. À travers les images bouleversantes qui le torturent, l'adolescent se force à lui sourire. Il doit à tout prix rassurer la jeune fille. Se pencher sur sa détresse lui fait un peu oublier la sienne.

— Sauvons-nous, fillette, les tueurs pourraient revenir!

— Mon père... ma mère et...

— Je sais... Les miens aussi! Viens!

La jeune fille se lève, le visage déformé par la douleur, les yeux hagards. Hokshenah l'entraîne, sans heurt, mais d'une main ferme.

— Toute ma famille... j'ai vu...

— Viens, petite chérie... Moi, je suis là!

Hokshenah enlace la jeune fille et la conduit vers le bois de bouleaux penchés sur la crique, à l'entrée du village. Sans très bien le réaliser, les deux adolescents tournent le dos à leur passé. Jamais plus le fier Dakota ne galopera, libre, sur l'immense plaine. Plus jamais il n'écrira un seul chapitre à la chanson de gestes magnifique de son histoire, levain de légendes, de faits d'armes glorieux, propagés à la veillée d'une génération à l'autre. L'admirable chronique des Premières Nations s'achève ici, sur un carnage sans nom!

— *Hew! We-Ko-Sh'keh*. Viens, jeune fille!

Le garçon entraîne la fillette à sa suite. De temps à autre, elle résiste avec un gémissement dans la gorge, les yeux exorbités d'horreur; elle ralentit parfois le pas en reconnaissant parmi les morts, le parent, l'ami pour toujours disparu. Hokshenah ne cesse de la pousser en direction du boisé. Lentement, car définitivement, ils s'éloignent de ce qui a été leur seul univers, un mode d'existence vieux comme les astres du ciel. Derrière eux, demeurent tant de rêves brisés, d'émotions négatives et monstrueuses, nées du fanatisme d'une race impitoyable, de ces choses qu'ils ne savent désormais exprimer à l'aide de simples mots.

Un paysage de fin du monde s'étale devant leurs yeux vidés de ces images sécurisantes qui s'y reflétaient avant, lorsque la vie était heureuse. Abasourdis, ils cheminent, tête basse ; en leurs cœurs, il ne reste rien !

Tukténi ! Dahkouna-sh'ne. Le néant !

Un village au complet, ethnie composée de gens amicaux, travailleurs, transformé en vide total !

Hokshenah et la jeune fille accélèrent leurs pas afin d'échapper à l'emprise de l'atmosphère infernale. Ils fuient vers le nord, le visage figé, les traits creusés à jamais par une souffrance profonde. Chacun retient ses pleurs. Après avoir vu se dérouler autour d'eux tant de scènes monstrueuses suscitant les larmes, ce réconfort leur est refusé. Les souffrances, trop nombreuses, en ont tari la source. Les adolescents ignorent où ils vont, et peu leur importe. Nulle part ailleurs ne peut être plus terrible. Ils passent à proximité d'une colline sur laquelle se dresse une église solitaire. Au-dessus de l'entrée, une banderole s'agite dans les bourrasques de neige :

« Paix sur la terre aux hommes de bonne volonté. »

Noël ! Jour de paix et d'amour des égorgeurs blancs.

Hokshenah lance une terrible injure à cette religion qui permet semblable massacre. Quel Créateur peut ainsi guider les pas de ce peuple détestable ? Bien malveillant est celui qui ordonne l'anéantissement d'une tribu pacifique.

La tempête fait rage. La petite Cheyenne, à bout de force, serre les dents sur sa lassitude, sur l'horreur de ce qu'elle vient de vivre et poursuit sa route sans une plainte. Elle ne laisse rien paraître de sa profonde détresse. La fierté d'appartenir à une peuplade autochtone coule en ses veines, un atavisme transmis à ses ancêtres depuis la nuit des temps. Quoi qu'il advienne, elle transportera fermement son délicat fardeau, jusqu'à ce que...

— *We shoshtah !*

— Fatiguée, petite amie ? s'inquiète le garçon.

— Mon bébé doit manger !

Stupéfait, Hokshenah s'arrête brusquement.

Un bébé ! Elle avait sauvé un enfant. De quelle manière recevoir l'impensable nouvelle ? Cela procède-t-il du miracle ou de la punition supplémentaire jetée en travers de leur route par le Grand-Esprit ? Hokshenah doit-il remercier Wakan-Tanka ou le maudire ? Un enfant, en la circonstance, constitue plutôt une tragédie. Quoi qu'il en soit, ce n'est le temps ni des regrets ni des remontrances. L'enfant est probablement membre de la famille de cette Cheyenne. L'adolescent n'a rien à redire. Il trouve sans attendre un emplacement abrité des bourrasques au milieu d'un bouquet d'arbres, y aménage un abri confortable, dresse un coupe-vent à l'aide de branches d'épinette touffues, puis étend sur la terre glacée une épaisse couche de ramilles.

Devant pareille sollicitude, les traits de la jeune fille demeurent impassibles. La gentillesse du garçon la bouleverse pourtant au-delà de tout ce qu'elle peut imaginer, lui faisant réaliser que ces gestes attentionnés d'Hokshenah, jamais plus un être aimé de son passé ne les aura pour elle. Elle en est dévastée; néanmoins, ses yeux brillants sont éloquents. Le jeune homme y discerne la reconnaissance, les regrets et l'amitié naissante. En cet instant, le visage de la jeune Cheyenne est pathétique. Hokshenah s'en émeut. Il détaille sa compagne et son intérêt s'éveille, grandit sans la moindre raison logique, en apparence du moins. Certes, elle est jolie, et il y a ses yeux noirs, immenses, séduisants, malgré la tristesse qui les emplit parfois de larmes. Hokshenah ne saurait en expliquer la cause, mais la morosité rend la jeune fille plus attirante encore. Le jeune homme aimerait la prendre doucement dans ses bras afin de la consoler. Il pressent que cet élan de simple camaraderie s'avère déjà difficile, voire impossible entre eux. Cette fille lui plaît beaucoup trop. Les commissures relevées des lèvres de la jeune fille mettent sur sa bouche un sourire léger, continuel, même lorsque la tristesse envahit ses yeux, ce qui ne fait qu'accentuer davantage le désarroi de sa douce physionomie, la rend plus attirante encore. Hokshenah en retire une impression déroutante.

La petite Cheyenne dépose son précieux fardeau sur le lit de branchages. Ses gestes sont délicats, empreints de grâce. Sous la rude tenue de peau défraîchie de la jeune fille, le garçon devine un corps mince, bien proportionné, pareil à celui de *Honwe ahpah*, «Clair de lune», sa sœur aînée. Il l'avait parfois vue se déshabiller dans l'étroit espace de la tente familiale. Semblables pensées mettent la confusion dans l'esprit d'Hokshenah. Il détourne la tête. Imaginer en un pareil instant le corps dénudé de sa compagne le remplit de honte et de colère. Sa famille se trouve éparpillée sans vie sur un charnier et voilà qu'il ose songer à l'étreinte physique unissant l'homme à la femme! Et pourtant, l'amour signifie la vie nouvelle, la continuité...

Hokshenah sait que désormais il lui sera malaisé de traiter la Cheyenne en petite fille. Elle est *Ween yon*, une presque femme.

Pendant que l'adolescente s'occupe du bébé, Hokshenah s'éloigne pour ne pas l'indisposer de sa présence. De loin, il la voit mastiquer longue-ment une lanière de viande séchée, jusqu'à la réduire en pâte. Puis, elle se penche sur le bébé et, comme le fait l'oiseau, à la becquée, elle desserre les petites lèvres du bout de sa langue et introduit la nourriture. Une opération délicate, si émouvante, qu'elle tire les larmes des yeux du garçon. La Cheyenne referme la couver-ture sur le bébé après chaque bouchée, afin de le préserver du froid. De son coin d'arbres effeuillés, Hokshenah observe la scène d'un cœur attendri. Ainsi continue la vie...

Et voilà que dans le parfleche pendu à son épaule, ses doigts rencontrent quelques grains de maïs : son repas du soir. Une nourriture plus appropriée pour un nouveau-né que cette viande fumée. Hokshenah approche à pas lents de sa compagne afin de ne pas l'effaroucher. Sa main tendue présente la maigre provende.

À cet instant, le bébé raidit son corps. Ses jambes tendues repoussent la couverture qui glisse jusqu'à ses épaules. Hokshenah reste sans voix. Cette frimousse ! Est-ce possible ? Son cœur cogne un coup démentiel qui lui résonne dans la tête, court au bout de ses doigts. Il vacille.

— *Tonkshe*, balbutie-t-il, sa sœur, dernière née du clan. *Tonkshe*... vivante.

À la voix familière, le bébé s'agite, tourne la tête, le reconnaît, crie de plaisir.

— L'Esprit soit remercié, balbutie le garçon.

— Que... que dis-tu ? s'exclame la Cheyenne.

— Tu as sauvé ma... ma petite sœur !

— Arrière *Wah-kon-she-cha*, « démon », cette enfant m'appartient. Son nom est... heu... *Cha-Zhay-Ne-Cha*.

— L'Enfant-Sans-Nom, comme tous les nouveau-nés !

La jeune fille se trouble. Ses yeux s'agrandissent. Elle recrache sur le côté le pemmican destiné au bébé, lançant au garçon des regards terrifiés.

— Ne t'approche pas, voleur d'enfants!

Hokshenah ne comprend plus! Il perd le sens des réalités. L'inconcevable réaction de la jeune fille le prend au dépourvu. Ce bébé est bien *Desh'denah*, la Petite, le fait est indéniable. Ces tatouages au front et au coin des yeux, que sa mère avait incrustés sous la peau de l'enfant à l'aide d'effilochures de nerfs de bison, durant une cérémonie familiale, ne sauraient mentir. À elles seules, ces marques tribales affirment l'appartenance de l'enfant au peuple dakota, membre du Conseil des sept Feux, non à une tribu cheyenne. Sans compter son joli chapeau de lièvre blanc avec sa queue jaune, couleur populaire symbolisant la joie, qu'Hokshenah avait teinte lui-même.

— Weenyon, je t'assure que...

— Menteur!

Un court instant, la jeune fille demeure muette, dévisageant Hokshenah avec un air scrutateur. Il vient de l'appeler «femme», elle en est heureuse, certes, mais tout aussitôt, sa crainte de perdre l'enfant lui fait retrouver sa colère. Elle se lève d'un bond, criant si fort que le nourrisson se met à pleurer.

— Je vois clair en toi! s'insurge-t-elle. Ta famille disparue, tu veux t'accaparer tout ce qui vit. Tu irais jusqu'à prendre mon enfant... en faire le tien. Il est à moi, tu entends?

Hokshenah ne réplique pas. À quoi bon parler pour ne rien résoudre! Weenyon est pathétique avec ce grand désarroi qui l'habite et lui fait inventer cette histoire. Étrangement, bien que les motifs de leur douleur soient de même nature, la jeune fille semble plus vulnérable à la peine qu'il ne l'est. Les émotions engendrées en elle par le massacre ont embrouillé son cœur. C'est compréhensible. Hokshenah laissera donc la fille cheyenne en paix. Son esprit perturbé fait d'elle une *Wakan*, personne sacrée, qu'il doit traiter avec compassion et grand respect. Une loi dakota l'y oblige. Dans son clan, l'esprit simple est considéré bienheureux.

Dès lors, Hokshenah ne pourra plus contester les étranges prétentions de Weenyon sur le bébé, sans risquer de la fâcher. Une offense grave envers le Grand-Esprit. Hokshenah se promet néanmoins, avec patience et gentillesse, de faire revenir Weenyon à la réalité. Plus tard, quand leurs deux âmes seront apaisées, il saura lui démontrer son erreur.

— Ne crains rien, petite fille, garde ton enfant... Tu t'en occupes d'ailleurs très bien, murmure-t-il avec une émotion indicible.

Encore sous le coup de l'émoi qui fait trembler tout son corps, la jeune fille marche de long en large devant leur abri. Le dernier mot du garçon prononcé, elle ramasse une poignée de neige, la fait fondre dans sa bouche et reprend sa place devant le foyer. Lorsque sur sa langue l'eau a tiédi, Weenyon fait boire le nourrisson, à la becquée.

Hokshenah sourit, les yeux remplis de plaisir. Il ne peut espérer nourrice plus attentive pour l'Enfant-Sans-Nom durant le long voyage qui les attend. Car c'est décidé, ils iront au Canada, un pays où les Natifs vivent, paraît-il, mieux que ceux du sud. Quelques familles de Nez-Percés de la bande du chef Joseph et de nombreux Dakotas, survivants de tueries ou anciens guerriers de Sitting Bull, s'étaient réfugiés dans ce pays nordique. Des Frères! Certes parqués dans des réserves, mais on ne les y massacre sûrement pas à la mitrailleuse Gatling, ni au canon, ainsi que les soldats américains en sont coutumiers.

Hokshenah sait par son père qu'en suivant la route qui coupe par le milieu la trajectoire du soleil, ils atteindront *Konshe mahkoche*, Kanata, le Canada, le pays des lacs et des forêts luxuriantes où Iroquois et Algonquins vivent en paix.

Ce même jour, dans une vallée boisée, Hokshenah découvre une grotte spacieuse à flanc de coteau. Il y installe sa compagne, allume un feu de mélèze, car ce bois ne dégage aucune fumée et, après une longue hésitation, se résout à retourner au village dévasté; démunis de tout comme ils le sont, ils ne survivraient pas trois jours à ce terrible hiver, quant au bébé... Il leur faut absolument des provisions, un bagage, des vêtements chauds, des bottes et des raquettes à neige. Un profond canyon les sépare du lieu de la tragédie. Raison pour laquelle Hokshenah a choisi leur cachette. Le terrain accidenté représente une protection supplémentaire au cas où les soldats reviendraient chercher des survivants blessés. Ayant souvent chassé dans la région, Hokshenah connaît des pistes insoupçonnables à qui n'en connaît pas l'emplacement exact; jusqu'aux sentiers à chèvres les plus impraticables qui lui sont familiers. Jamais le Blanc ne les surprendra en ces lieux.

L'adolescent se met en route avec des précautions accrues. Il détient dès à présent de lourdes responsabilités, devenant le dernier espoir de ces deux jeunes vies qui l'accompagnent dans sa fuite. Cette dangereuse mission au village donne un but à sa vie. Si comme le disait sa mère, *« c'est à l'aide de petites étapes insignifiantes que l'homme parvient à accomplir de grandes choses »*, il doit s'accrocher à l'existence de toutes ses forces.

Pour le moment, accomplir ce simple geste représente déjà sa volonté de ne pas se laisser mener par les évènements. Avoir de nouveau un but, c'est pour Hokshenah comme un petit bonheur au milieu d'un profond chagrin.

Par nécessité, Hokshenah retourne sur les lieux où sa tribu a cessé d'exister. L'horreur l'assaille de toutes parts. Il circule en tremblant, les yeux noyés de larmes, parmi les corps gelés, parfois en de grotesques poses, statues de glace figées à jamais en sa mémoire. C'est ici, au milieu de ces morts, qu'il devra trouver de quoi survivre...

Hokshenah parcourt le village, maîtrisant avec peine son désarroi. Son regard se détourne des scènes affligeantes qui l'agressent à chaque pas. Partout, jusque dans les endroits les plus inattendus, c'est le même spectacle insupportable. Ainsi, face à l'emplacement où se dressait la tente du colonel ennemi, il n'y a que des femmes, chacune tenant un bébé... Elles avaient tendu leur enfant vers la mitrailleuse, espérant attendrir le bourreau. En vain...

Hokshenah sanglote, incapable de s'arrêter. Son cœur bat à coups sourds ; sa poitrine est ébranlée. Ses jambes se dérobent, il s'affaisse dans la neige rouge de sang. À proximité, le chien de trait préféré de son père agonise...

Durant un instant, Hokshenah a l'intention de rechercher les siens afin de leur donner une sépulture décente, mais il ne possède pas les outils nécessaires, encore moins l'énergie d'entreprendre la macabre besogne. Il a deux vies à sauver. L'âme des disparus comprendra.

Évitant avec soin les alentours immédiats du tipi familial, Hokshenah fouille les décombres et les tas de hardes abandonnées çà et là. C'est au centre du village, là où s'entasse la majorité des cadavres, que le garçon trouve la plupart des objets utiles à son voyage : mocassins, couvertures, moufles, qu'à sa grande honte il prélève sur les corps rigides. Il trouve aussi de la viande séchée, de la farine et quelques fruits déshydratés. Jusqu'au bout, les malheureux avaient cru à la réalité du voyage annoncé.

Pris de nausées atroces, Hokshenah est à maintes reprises sur le point de perdre connaissance. Dès lors, il n'éprouve qu'une envie : fuir, droit devant, jusqu'à ce que la mort mette un terme à son mal en effaçant le chemin sous ses pas. Mais là-bas, au pied de la montagne, dans une ancienne tanière d'ours, deux innocentes vies attendent impatiemment son retour.

Près d'un bivouac de soldats, Hokshenah retrouve les armes de chasse confisquées à sa tribu. L'arc de son père est là, une pièce superbe, en vieux chêne, artistiquement ouvragé, aux extrémités munies de courtes lames à deux tranchants pour les combats rapprochés. Le plaisir d'Hokshenah de sentir le bois lisse dans sa paume n'a d'égal que sa détresse. Ces arcs avaient nourri un peuple, l'avaient protégé des attaques ennemies... Jamais plus leurs cordes en nerfs de chevreuil ne vibreraient dans l'air sec d'un matin de printemps ; celle de son père exceptée.

Hokshenah fait une ample provision de flèches, puis retourne mettre fin aux souffrances du chien. Le garçon réalise alors que depuis son arrivée au campement, un coyote le suit de loin. Une petite bête étique, couverte de croûtes et d'abcès purulents, qui ne doit pas avoir plus de six mois.

— *Yahtohkon…* File! *Hetouhounah!* Vagabond…

Il le repousse du geste et de la voix. En vain. Chaque fois l'animal s'éloigne souplement de quelques pas, puis revient se mettre à son pas. «La faim le guide, à moins qu'il ne soit apprivoisé. C'est sûrement lui qui jacassait près du tipi ce matin», se dit le jeune homme.

— *Heduhounah!* Clochard, crie-t-il encore avec un petit rire étouffé. Hokshenah n'en peut plus. Sa résistance physique autant que nerveuse s'effiloche, semblable à ces tendons de bêtes utilisés pour la couture. Dix minutes encore dans cet endroit maudit et il s'effondrera. Il peut néanmoins s'estimer heureux, si un tel mot est acceptable en la circonstance: Hokshenah n'a pas trouvé un seul membre de son clan parmi les cadavres.

Il empile son trésor sur un traîneau à chiens découvert devant le tipi de Grands-Pieds. Il passe une courroie de cuir en travers de sa poitrine et se met en route. Le temps s'est couvert. Les derniers rayons d'un froid soleil percent la brume neigeuse flottant sur la prairie. Le cœur du jeune garçon est lourd et son esprit privé de toute substance. Le voilà seul au monde, lui aussi un vagabond, comme le petit coyote.

Hokshenah vient de tout perdre, il ne lui reste personne avec qui se remémorer les jours anciens, ceux qui jamais ne reviendront. Même sa fierté d'être dakota lui échappe. Son père affirmait que le fait d'accepter la réalité, aussi triste soit-elle, la rendait moins douloureuse. Il se trompait. Hokshenah sursaute. Un exemple de cette déplaisante réalité vient de le rattraper. Que va devenir *Wahne ehtouya wahpeh*, le Compte des hivers de sa tribu, l'histoire orale, leurs légendes et souvenirs. Les anciens de chaque clan étaient chargés de l'enseigner aux enfants! Il n'y a plus d'anciens. Reste Hokshenah. Lorsqu'il ne sera plus de ce monde, la saga des Dakotas disparaîtra avec lui. Guidé par la colère et la frustration, le jeune homme donne un violent coup de poing dans un arbre. Depuis son plus jeune âge, il se passionne pour la grande aventure dakota. Ses dix-sept hivers d'existence s'enracinent profondément dans les récits magiques que lui contait son grand-père. En dépit de son jeune âge, Hokshenah n'ignore rien de la formidable chanson de geste que fut leur histoire. Il connaît dans le plus minutieux détail les faits glorieux des grands guerriers, leurs plus fameux exploits. Il peut, sans erreur, citer la généalogie des familles illustres de la Nation comme celle des plus modestes de son clan. Mais qu'importe désormais la parole ancienne porteuse de gloire. La jeunesse n'existe plus.

Il n'y a plus sur cette plaine un seul jeune Dakota pour l'écouter, lui, le dernier homme de sa tribu. Hokshenah devra raconter la vie passée à l'Enfant-Sans-Nom, sa petite sœur. Ce sera elle qui recueillera la voix chargée de magie qui sourd en lui;

elle qui la portera plus loin. Par elle, se perpétuera la tradition, les langues et les coutumes. Ne pouvoir compter que sur un bébé fille, une incongruité, mais… que soit faite la volonté du Grand-Esprit. Un jour, l'Enfant-Sans-Nom enseignera à d'autres que, dans son village, avant la venue des canons, on trouvait des hommes et des femmes paisibles qui cultivaient leur sol, ne réclamant pas davantage de l'existence, des gens qui s'aimaient, avaient des projets, faisaient des enfants, de beaux enfants pleins du désir de vivre, qui s'amusaient et riaient, comme ceux des Blancs. Le Dakota respectait ses dieux, les convenances sociales et familiales; il avait du savoir-vivre... Comme le loup dans sa meute, il ne battait pas son épouse. Avant l'arrivée du Blanc, avant l'alcool, bien sûr! Le guerrier dakota aidait le pauvre, prenait en charge l'orphelin. Son peuple formait une société démocratique, en fait la première au monde, respectueuse des droits du citoyen. La voix d'Hokshenah lui dira encore que chez le Dakota, les guerriers les plus riches, les chasseurs les plus habiles se retrouvaient toujours paradoxalement les plus démunis; les premiers distribuant leurs chevaux aux amis malchanceux, les seconds partageant leur viande avec la veuve et les familles dont le fils ou le mari était tombé à la guerre.

Et tout à coup le jeune homme frémit. Tout le clan était anéanti, à quoi bon en conserver l'histoire! Il n'y aurait pas une seule oreille pour écouter les mots anciens de l'Enfant-Sans-Nom. Alors, Hokshenah ne dira rien. Au diable les souvenirs! Que disparaisse jusqu'au moindre mot l'épopée magnifique. Elle se termine d'ailleurs si misérablement, de manière si pathétique. Wakan-Tanka a quitté le village en emportant leurs vies, leurs espoirs.

Hokshenah à son tour rejette le Maître des choses. Il échappe à son enseignement mensonger. On ne glorifie pas un Dieu qui ignore la manière de faire le bien. Hokshenah est trop las pour songer à l'avenir du sang dakota. L'Enfant-Sans-Nom n'a pas besoin de savoir. Les voix venues du passé n'apporteraient que regrets à ceux qui écouteraient.

Tirant son lourd attelage, Hokshenah arrive en vue de la grotte en fin de journée. Aucun feu ne brille à l'intérieur. La Cheyenne n'a pu laisser s'éteindre celui qu'il avait allumé, pas avec un enfant! Le cœur de l'adolescent n'est plus qu'une immense douleur: il s'affole.

— Wakan-Tanka, ne permet pas que...

Il se tait, lèvres mordues au sang. Apparemment, renier le Grand-Esprit est malaisé. Hokshenah allonge le pas, tirant avec sa dernière énergie le traîneau lourdement chargé. Le lien de cuir barrant sa poitrine lui bloque la respiration. Il est bientôt à bout de souffle, ses forces l'abandonnent, il est trempé de sueur. Les rafales de vent le glacent. Il s'effraie. Transpirer dans le froid, c'est attraper la mort.

La mort! Après ces horreurs, qui peut s'en soucier?

La grotte semble si loin... Hokshenah pense abandonner son fardeau afin d'aller plus vite. Mais, attaché à ses pas, il y a ce jeune coyote pouilleux. Ses semblables, attirés par l'odeur du charnier, doivent traîner dans les environs. Hokshenah ne peut abandonner le précieux chargement; tout serait dévoré en quelques minutes : sacs et vêtements de cuir inclus.

Il y est. L'entrée de la caverne est à deux pas. L'obscurité profonde lui laisse présager le pire. La gorge d'Hokshenah se contracte. Une hésitation, puis il entre d'un coup. Un silence total l'entoure. Elle est partie, emmenant sa sœur! Il écarquille les yeux afin de s'habituer à la noirceur. Les formes sortent peu à peu de l'ombre. D'abord c'est le rocher plat sur lequel l'adolescente change la couche du bébé, puis le sol de terre jaune... et il les voit, endormies dans les bras l'une de l'autre. Sur leurs lèvres bleuies de froid, un même sourire les fait amies, presque des sœurs...

Rassuré et attendri, Hokshenah les recouvre d'une fourrure d'ours. Ensuite, il glisse sans bruit le traîneau de provisions à l'intérieur de la grotte et fait une flambée. Il a récupéré au village martyr une poignée de ces allumettes qui grâce à leur tête cirée s'allument sur n'importe quelle surface, même mouillées. Bientôt, les premières bûches crépitent. Les escarbilles jaunes, dispersées alentour, lui remettent à l'esprit la pluie d'étoiles qui a marqué la naissance de son père, comme le vieil homme la lui avait racontée. Wasichu dirait l'année 1833. Le père d'Hokshenah, encore vivant ce matin...

Découragé, l'esprit vide, Hokshenah s'assied devant le foyer, tremblant de faim. Il ouvre un parfleche rempli de viande séchée, en casse un morceau, le porte à ses lèvres. Du pemmican. Sa première nourriture solide en huit jours. Cette joie de mâcher! Mais le plaisir se transforme vite en dégoût. Il recrache sa bouchée avec un haut le cœur. Cette viande représente les privations d'une famille. Une mère est peut-être morte de faim pour que survivent ses enfants. Il referme le sac, plus las que jamais des choses de la vie, et fouille ses poches : quelques grains de maïs y traînent.

Hokshenah s'adosse contre la paroi granitique à deux pas du foyer. Son regard se perd dans les flammes qui dansent en tous sens, leurs circonvolutions sont échevelées et douces à la fois. Le bois humide se tord, lentement, avec parfois des petits soupirs d'enfant. Autour du garçon, les parois de la cave ondulent au rythme du vent qui sculpte le feu. Des flammèches vives s'échappent du foyer, glissent en arabesques rouges sur les pierres luisantes. De temps à autre, une clarté vive rebondit sur les murs de pierre et s'élance dans la nuit. L'entrée de la grotte découpe sur le ciel un gouffre sans fin. La paisible atmosphère émeut Hokshenah, met un sourire sur ses lèvres. Alors, empli de colère envers sa faiblesse née d'une flambée de pin, il ferme les yeux et repousse cette douceur de vivre d'un gémissement désespéré. Et reviennent ces ténèbres que, depuis le matin, il apprend à si bien connaître. Sa nouvelle existence s'y égare. Dans les contorsions de la flamme, son esprit délirant s'invente des masques hideux qui s'adaptent mieux à son état d'âme.

Hokshenah se laisse engourdir. Une sorte de quiétude trompeuse s'empare de lui, faite d'un mélange de renonciation, d'abattement et, surtout, du désir de ne pas souffrir davantage. Il se laisse entraîner par une de ces visions si aisément confondues avec le réel. Hokshenah s'assoupit au milieu de ses fantômes. Au coin de son œil, une larme gèle dans un souffle de vent.

Un cri le tire de sa torpeur. Le jeune coyote est là, immobile, l'observant à dix pas. Le feu s'éteint. Ses éclats dorés glissent des reflets doux dans les yeux de la bête, accentuant sur sa gueule une sorte de rictus désabusé.

Hokshenah lève la main avec l'intention de le chasser. Il ouvre la bouche, se ravise. Dans cette nuit glacée, ce petit coyote, assurément malade, trop jeune pour chasser, sera mort dans une heure. La disgrâce de l'homme vaut bien ici celle de la bête. Ils sont tous deux des réprouvés, des bannis...

— *Weyste... Hécétu! Hétouhounah!* Ça va, mendiant, reste...

Sans brusquerie, Hokshenah ouvre le parfleche, en sort des lanières de viande et les jette au coyote. Tout d'abord soupçonneux, l'animal promène sur le pemmican une truffe frémissante et, satisfait de son examen, l'avale d'un coup. Hokshenah sourit. Son regard se fixe sur un détail insignifiant : les yeux clairs d'un petit duc clignotant sur une branche basse à dix pas de la grotte. Soudain, Hokshenah se sent écarté de la scène. Devenu simple spectateur, il l'observe du fond de la nuit. Incohérence! Il nourrit un animal sauvage et a des scrupules à manger lui-même, invoquant pour cela des raisons d'ordre moral : la mère se privant pour l'enfant... Le respect des disparus. Hypocrisie! Seul l'apitoiement sur sa personne guide ses émotions. Il pleure sur sa solitude, sur la chose perdue qui ne reviendra pas, voilà tout. En réalité, sa vie appartient aux deux innocentes qui dorment près de lui. Pour elles, il doit se battre, jusqu'au bout.

Il est dakota!

Hokshenah mastique une tranche de pemmican, les yeux brillants de reconnaissance envers les gens inconnus de son peuple qui ont boucané la viande. Il a l'impression qu'ils se sont sacrifiés pour lui seul, afin qu'il puisse poursuivre sa route, et ces inconnus deviennent membres de sa famille à part entière.

Devant la grotte, le petit coyote clabaude, quémande du bout de la patte. Hokshenah laisse échapper un soupir las.

— T'as eu ta part, mon gars. Demain, je chasserai... Si t'es encore dans les parages, y'en aura pour toi.

Comme s'il comprend les paroles de l'adolescent, le coyote se creuse un trou dans la neige, à l'entrée du repaire, et se couche. Il fixe sur Hokshenah ses yeux jaunes un peu tristes. De larges flocons s'agitent paresseusement sur la nuit, le recouvrent peu à peu, l'effaçant du décor. Bientôt, ne subsiste plus de lui qu'une excroissance blanche qui s'agite au rythme de sa respiration.

Dans la semi-obscurité, la jeune Cheyenne referme les yeux en soupirant, cœur empli d'un nouvel espoir. Grâce à Dieu, elle a une autre famille. Sans vraiment le réaliser, elle s'endort en fredonnant à l'oreille du bébé une berceuse que lui chantait sa mère.

Pour la première fois depuis le drame, le jeune garçon songe à prendre soin de lui-même. Ses doigts et ses orteils l'inquiètent. Ils ont perdu leur souplesse. L'urgence de la situation lui a fait négliger les premières douleurs ; à présent, mains et pieds sont devenus insensibles. Appréhensif,

Hokshenah ôte ses moufles et présente ses mains à la clarté du feu. La chair violacée, éclatée en plusieurs endroits, dégage une odeur douceâtre de putréfaction. Sans perdre de temps, Hokshenah fait fondre du gras d'ours dans un récipient de métal récupéré à Wounded Knee et enduit abondamment les parties gelées du liquide brûlant. À mesure que la chaleur ramollit les chairs, le sang retrouve le chemin des extrémités de son corps. C'est tout d'abord un picotement léger, puis naît la douleur, fulgurante, jusqu'à en devenir intolérable. La souffrance tire néanmoins un cri de soulagement de sa gorge. Gloire au Grand-Esprit, ses mains vivent!

Le garçon s'occupe ensuite de ses pieds; ils sont dans un état pire encore, avec un début de décomposition bien proche de la terrible gangrène qui effraie jusqu'aux plus solides guerriers. L'adolescent est envahi par la crainte.

Les blessures débarrassées de la chair morte et putréfiée, enduites de gras et enveloppées dans des fourrures de lièvre, Hokshenah jette une brassée de pin sur le foyer et dresse un lit de branchages à proximité. Il se couche, l'esprit plus tranquille, ayant conscience d'avoir acquis en cette impitoyable journée un peu de la sagesse des anciens, sorte de sérénité, née d'une meilleure compréhension de ce qui donne la volonté de vivre. Avec le bouclier sacré du Maître des choses pour le protéger, son fardeau sera plus facile à porter. Avant de s'endormir, Hokshenah a une pensée attendrie vers l'Enfant-Sans-Nom et la jeune fille cheyenne. Sa nouvelle famille !

Invisible dans son trou de glace, le coyote rêve. De temps à autre, il grommelle, s'agite à petits coups de pattes saccadés. L'excroissance neigeuse de sa retraite en frémit. Ces soubresauts étranges étonnent le petit duc. L'oiseau se fâche, pousse un cri indigné puis s'ébroue, emprisonnant dans son joli plumage l'air qui le protégera du froid. Il ressemble ainsi à une boule de coton grise. Hokshenah clôt les yeux sur le paisible spectacle. Il sent naître dans sa poitrine un son rauque, une envie de pleurer sur la disparition de ceux qu'il aimait, une envie de rire à la vie, égoïstement, rire au plaisir d'avoir retrouvé sa sœur, d'avoir une amie si jolie. Les deux émotions se mêlent, aucune ne surpasse l'autre. Puis il comprend. Les menus plaisirs atténuent déjà la souffrance. L'oubli commence son œuvre, à moins que ce ne soit l'acceptation de ce qui a été. Dans la sécurité de sa retraite, le jeune homme se laisse aller, n'opposant pas de résistance au sommeil qui l'invite.

La nuit s'étire, interminable. Le froid devient plus agressif. Hokshenah se réveille, jette quelques bûches dans le foyer agonisant et retourne à sa couche de branchages. C'est alors qu'il perçoit un crissement léger dans la neige, puis un frôlement, juste à côté de lui. Il sourit.

Tout aussitôt, un museau froid se faufile sous la couverture, un bout de langue tiède se pose sur le haut de sa joue... L'adolescent referme les bras sur le petit coyote. L'odeur musquée de l'animal ne le dérange pas.

Dans son arbre, le rapace s'impatiente, incommodé par la fumée du bivouac qu'une rafale tourbillonnante a portée jusqu'à lui. Au loin, jaillit l'appel d'un loup en maraude ; un hululement semble lui répondre ; plus près, un tronc d'arbre éclate sous l'effet de la froidure ; ici, un soupir du bébé, léger...

La neige virevolte. Passe un souffle d'air chaud, inattendu... Et, à nouveau, ce cri de loup solitaire qui apporte au décor une note chargée de nostalgie. Tristesse et beauté s'unissent...

Hokshenah se réveille en sursaut. Le feu n'est plus qu'un tapis de braises rougeoyantes sur lesquelles de courtes flammèches courent par intermittence. Un mouvement furtif s'est produit dans l'obscurité de la caverne et, presque aussitôt, une cavalcade menue. Une courte accalmie se produit, puis un glapissement se fait entendre suivi de criaillements de chiot apeuré. Hokshenah se lève. Une poignée de brindilles redonne vigueur au foyer. Le garçon fronce les sourcils devant la scène qui s'offre à ses yeux. Il hoche la tête, amusé : le coyote a fouillé dans les bagages entassés sur le traîneau et vient d'en recevoir une pile sur le dos. Il ne parvient pas à s'en dépêtrer. Hokshenah le tire de sa fâcheuse situation, s'attendant à voir l'animal filer, queue entre les pattes. Il n'en est rien. Malgré un saut vif pour éviter la main du garçon, le petit coyote se couche non loin de lui, clignant des yeux. Là, gémissant de plaisir, il s'enroule sur lui-même, bâille longuement et s'endort. Pour Hokshenah, il n'y a plus le moindre doute : orphelin, rendu hardi par sa détresse, ce jeune animal sauvage ne demande qu'à être apprivoisé. Hokshenah se souvient alors que le jour de son arrivée dans la vallée, il a vu des soldats s'exercer au tir sur la famille de loups qui nichait à flanc de colline. En quête de leur incompréhensible plaisir, les chasseurs avaient aussi débusqué des coyotes. Le Wasichu n'a aucun respect pour la vie, qu'elle soit humaine ou animale. Après son passage sur un territoire ne s'élèvent que des cris d'orphelins ; tuer les bêtes est pour lui un moyen agréable de passer le temps. Il massacre les Autochtones et vole leurs terres, anéantit le loup et fait des colliers de ses dents, massacre les bisons pour fabriquer des chasse-mouches avec leur queue. La race blanche est étonnante.

Weenyon se réveille, paupières collées par des larmes gelées. Malgré le feu, un courant d'air glacial serpente sur le sol jusqu'à sa couche. Sitôt levée, elle fait l'inventaire du bagage rapporté par son compagnon. Des exclamations de plaisir mêlées de nombreux sanglots accompagnent la découverte d'objets familiers. Hokshenah voit cheminer sur le visage de la jeune fille des émotions semblables à celles qu'il a éprouvées durant ses recherches au village.

Aucun d'eux n'ignore la valeur qu'il doit accorder à la moindre poche de ces provisions. Le premier souci de la jeune fille est de nourrir l'Enfant-Sans-Nom. Elle délaie pour cela une poignée de farine de maïs dans de l'eau, y ajoute une pincée de graisse de chevreuil et fait manger l'enfant, comme auparavant, de la bouche à la bouche. Un oisillon entre ses bras. L'adolescente prend soin du bébé avec une douceur extrême, mettant un amour infini dans chacun de ses gestes.

Pendant qu'elle s'occupe de la petite, le jeune homme s'active à la confection du repas. Il grille des plaquettes de *bannock*, une viande de bison apprêtée à la mode dakota, avec gras et baies sucrées, et prépare une boisson chaude composée d'écorce de pin et d'orge grillé.

Repu, le bébé gazouille dans le berceau cheyenne en jouant avec un morceau de cuir écru. Les adolescents sont assis, côte à côte, tels de vieux amis au bivouac. Ils mangent avec des soupirs de contentement. Hokshenah n'a pas eu à expliquer quoi que ce soit concernant la nourriture. La jeune fille, sa sensibilité exacerbée par la tragédie, sait faire la juste part des choses.

Encouragé par l'attitude recueillie et sereine de son amie, il mange sans réticence. Il ne laisse pas le remords l'envahir, ni la honte tarauder son cœur. Il a faim. Sa nouvelle famille compte sur sa force.

— Mange ma belle... Faut de l'énergie dans ce froid! prononce-t-il dans un souffle.

Et voilà que soudain sa gorge sèche ne permet plus aux mots de jaillir. Il avale avec difficulté, retenant sa respiration. La question qui s'impose à son esprit est malaisée à formuler. Après nombre d'hésitations, enfin, il se décide:

— Vous... vous allez où... toutes les deux?

— Avec toi, bien sûr!

Hokshenah contient mal sa joie.

— C'est que je vais loin...

— Jamais assez loin de cette terre! Où comptes-tu aller?

— À Kanata, pays des Iroquois, ou plus haut... chez l'Inuit.

— Mon père parlait souvent de Kanata. On y sera en combien de temps?

— Six ou sept lunes.

Il l'encourage d'un sourire. Elle y répond, timide. Hokshenah poursuit:

— À notre arrivée, ce sera le temps de *Wepahzou kahwah sh'tehwe*. Vous dites ça, chez vous?

— Oui. « *L'époque de la lune où les baies sont mûres.* » La belle saison. Bébé finira donc le voyage en marchant, ajoute-t-elle malicieuse.

Puis, sans un mot de plus, elle poursuit l'inventaire du traîneau, éliminant certaines choses, en rassemblant d'autres de même nature dans un seul sac. La tournure des événements apaise Hokshenah. La jeune fille possède des qualités admirables ainsi qu'un grand courage. Des atouts majeurs en vue du long périple qui les attend vers la liberté. Celui qui voyage sur les plaines où le gibier est rare ne peut s'encombrer d'un compagnon malhabile. Weenyon sera parfaite !

Afin de transporter aisément l'Enfant-Sans-Nom, Hokshenah a ramené un berceau sur cadre de Wounded Knee. Dès que Weenyon l'aperçoit, elle l'installe sur son dos avec une exclamation de plaisir, hochant la tête de gratitude à l'endroit du jeune homme qui a su y penser. Elle dessangle pourtant le berceau et le range au milieu du bagage. Le geste déçoit un peu Hokshenah, qui s'abstient néanmoins de la moindre remarque, craignant trop de lui donner l'apparence d'une critique. Weenyon connaît assurément mieux que lui la manière de soigner les nourrissons.

Après avoir changé l'Enfant-Sans-Nom avec une peau de daim souple, la jeune Cheyenne lave les linges souillés dans une gamelle d'eau chaude, puis installe la petite sur le traîneau, dans un nid de fourrures maintenu avec des courroies. Weenyon, jeune fille sensible et perceptive, a senti la déception d'Hokshenah.

— Le berceau portatif sera utile... plus tard. On n'accroche pas l'enfant dans son dos dans un froid pareil. Beaucoup d'enfants meurent ainsi, gelés. Moi, en marchant, je me réchaufferai…

Hokshenah hoche la tête d'un air entendu. Weenyon est surprenante! Il apprécie beaucoup de l'avoir à ses côtés, ce qu'il ne peut bien entendu lui avouer. Il n'est plus un enfant. Poursuivant ses explications sur l'utilisation du berceau, l'adolescente s'est approchée d'Hokshenah. Il recule aussitôt d'un pas, instinctivement. Il vient d'avoir tellement envie de la prendre dans ses bras, de lui dire qu'il la trouve gentille et si jolie… et aussi, qu'il aimerait qu'elle lui fasse l'honneur de devenir à jamais membre de sa famille.

— J'accepte! entend-il la voix de sa compagne murmurer, le regard brillant de plaisir.

— Tu… tu acceptes quoi?

— Ta proposition de faire partie de ta famille. C'est gentil, très gentil…

Il pince les lèvres avec une certaine irritation. Il avait encore «pensé avec des mots». Cela lui arrivait d'ailleurs souvent. Sa mère s'en amusait.

— Eh bien… nous nous en sortirons! lâche-t-il tout à trac en s'éloignant d'elle.

Afin de se donner une contenance, il fait le tour de la grotte, fouille dans tous les coins à la recherche du coyote. Repu, celui-ci a filé! À son âge, seul et sans abri, il ne survivra pas longtemps dans ce blizzard. Hokshenah s'en trouve étrangement chagriné. La souffrance de cette jeune bête est aussi réelle que la leur, similairement émouvante. Et lui qui n'a pas encore su exprimer sa douleur, verse une larme attendrie sur l'infortune d'un coyote affamé, couvert de gales. S'être montré incapable de pleurer la mort des siens, quelle incohérence! Il est possible que son esprit, afin de ne pas sombrer dans la déraison, refuse tout simplement de reconnaître pour réelles certaines vérités trop atroces…

— On lève le camp, jette-t-il en forçant la gravité de sa voix.

Avant qu'il ait fait le moindre geste vers le traîneau, l'adolescente en a passé la courroie à son épaule et s'est engagée sur l'étroite piste de chèvres sauvages qui longe la falaise. Le premier mouvement d'Hokshenah est de la retenir afin de s'atteler lui-même au pesant attelage, comme l'exige son nouveau rôle de «chef de famille». Après une courte réflexion, il s'abstient, réfrénant même tout commentaire. La jeune Cheyenne doit s'affirmer aux yeux de son compagnon, prendre la place qui lui est due au sein du petit clan afin d'y gagner son droit de parole et, surtout, de décision. Il lui faut s'imposer, mettre de l'avant ces qualités multiples qui font la femme et la rendent indispensable à l'homme. Hokshenah laisse donc Weenyon tracer la piste. Un travail qui épuiserait plus d'un guerrier bien entraîné.

— Jolie Cheyenne, c'est quoi ton nom, au fait?

Elle se retourne, le regarde avec un air d'exaspération.

— Il t'en a fallu du temps pour te décider! Je m'appelle *Naha-Ichon*!

— Ce qui veut dire?

— *Hesh'dah tonkah*, dans ta langue!

Il approuve d'un mouvement de la tête.

— « *Les Grands-Yeux.* » Ça te va bien. Vrai qu'ils sont beaux.

La jeune fille ne répond pas, se mord la lèvre de plaisir. Certes, avant de connaître Hokshenah, d'autres garçons lui avaient parlé de ses yeux en termes flatteurs, mais leurs intentions étaient différentes. Ils ne cherchaient qu'à l'entraîner dans les bois... se moquer de ses émotions. Son compagnon se montre amical, sans calcul malicieux. Elle ne découvre pas dans sa voix et ses manières le désir unique qu'ont les garçons de vouloir caresser le corps des filles. Hokshenah n'est pas comme les autres. Il sait se montrer affable, respectueux de sa féminité. Ses mots d'amitié font du bien, mettent la paix en son âme. Naha-Ichon pourrait presque se dire heureuse s'il n'y avait ces souvenirs qui encombrent son esprit.

— Et toi, tu as un nom d'homme... as-tu fait une guerre?

Il rougit. Elle n'a pas voulu se moquer de lui, il ne l'ignore pas. Pour être en droit de porter un véritable nom, il doit faire ses preuves au combat.

— Pas encore. Je suis *Hokshenah Inyonka*, L'enfant...

— ...qui court.

— Tu parles très bien ma langue! Moi, je comprends mal la tienne.

— Je t'apprendrai... si tu veux.

Hokshenah respire lentement afin de modérer les battements rapides de son cœur. Sa jolie compagne s'installe avec douceur et gentillesse dans sa nouvelle vie. Ne demeure à régler que le délicat statut du bébé. Hokshenah avisera plus tard.

Prétendant vérifier l'installation de l'Enfant-Sans-Nom qui babille au milieu de ses fourrures, Naha-Ichon jette sur Hokshenah un regard qu'elle espère indifférent. Elle n'y parvient pas. Une émotion furtive de plaisir lui échappe. Le garçon la perçoit malgré lui, en éprouve une sensation de réconfort, satisfait de l'amitié qui se développe.

Hokshenah est content de la tournure que prennent les évènements. Parcourir la même route ensemble simplifiera leurs rapports, renforçant sûrement les liens, ce qui amènera sans doute Naha-Ichon à redéfinir ses prétentions sur l'Enfant-Sans-Nom.

La neige s'est remise à tomber, noyant la clarté solaire qui leur indiquait la direction du nord. Pourtant, Naha-Ichon chemine d'un pas ferme, pleine d'assurance, persuadant le jeune homme qu'elle connaît la région de *Paha-Sapah*. Ce n'est pas le cas, avoue-t-elle.

— Mais je sais que, suivant son orientation, l'écorce des arbres est claire ou foncée et que la mousse, au pied, se trouve du côté nord... C'est tout.

Hokshenah a envie de rire, de prononcer le nom de la jeune fille, sans raison précise. Par plaisir, au nom de l'aventure formidable qui se dessine dans les plaines enneigées. L'adolescent ne pouvait espérer plus précieux compagnon que cette jeune Cheyenne.

Une atmosphère brumeuse les recouvre, limitant leur champ de vision à quelques mètres seulement. Vers le milieu de la journée, un rayon de soleil jaunâtre jaillit du centre de la voûte céleste et se plante verticalement dans le flanc d'une colline, comme un dard. Ne créant aucune ombre autour de lui, il s'avère sans utilité pour les orienter. Hokshenah est passablement dépaysé. Il ne saurait désigner avec certitude la direction de Kanata.

Naha-Ichon n'en poursuit pas moins sa route, imperturbable, surveillant son écorce, sa mousse et, sans erreur, allant plein nord. C'est «le temps de la lune quand les bois du cerf tombent», celui des grandes froidures. Les jeunes gens parviendront à destination «à la période saisonnière durant laquelle la terre se réveille»....

La nuit s'est déposée sur *Paha-Sapah*, aussi doucement que la neige étalée sur le sommet bleuté des montagnes. Les deux amis cheminent dans une clairière étroite, emprisonnée entre les parois moussues d'un canyon rongé par vingt mille saisons rigoureuses. Ici et là, des bouquets d'arbres nains, pins et bouleaux, mêlent leurs discrets parfums d'hiver.

Le ciel s'alourdit, prend des tons menaçants. Un blizzard se prépare. Installer le bivouac devient une nécessité cruciale. De Wounded Knee, le jeune garçon a rapporté la peau complète d'une petite tente, ainsi que les piquets nécessaires à son édification. Lorsqu'elle est dressée, Naha-Ichon s'étonne de sa taille.

— Un tipi de mariage, la renseigne son compagnon d'une voix brisée. Elle ne devait servir qu'à la nuit nuptiale...

Les yeux de Naha-Ichon s'emplissent de larmes. Elle songe aux fiancés, morts avant même d'avoir pu s'aimer.

Les deux amis ont installé leur campement «dans le temps écoulé entre deux hurlements de loup.» Le Wasichu, qui calcule la vie qui passe à l'aide d'une boite de métal glissée au fond de sa poche, dirait vingt minutes. Hokshenah ne comprend pas cette façon de vivre des envahisseurs. Chez les Dakotas, la nature seule commande les gestes quotidiens, jamais des objets qui font tic-tac. L'homme mange quand il a faim, dort quand il a sommeil. Tout pareil aux bébés.

Naha-Ichon se penche sur le berceau, écarte les fourrures qui emmitouflent l'Enfant-Sans-Nom et tend les bras pour la saisir. Un cri d'horreur lui échappe. Hokshenah qui ramassait du bois à proximité, redoutant la présence d'un ours, bondit de son coin d'ombre, brandissant la racine de cèdre qu'il s'apprêtait à jeter dans le foyer extérieur. La mine terrorisée de son amie et l'insouciant babillage de l'Enfant-Sans-Nom rendent la scène incompréhensible et néanmoins bouleversante.

— Hokshenah... là, sur le ventre de bébé !

Il regarde, ne peut retenir un cri de surprise, puis se met à rire.

— Sintaypoh !

Contre le corps de l'Enfant-Sans-Nom, bien au chaud, Sintaypoh, le petit coyote, dort paisiblement. La crainte des jeunes gens se transforme aussitôt en plaisir, un attendrissement qui tout naturellement dirige la main de l'adolescent vers celle de sa compagne. Leur soulagement, sorte de bonheur, les rapproche, se transformant en gêne lorsqu'ils découvrent leurs doigts emmêlés.

— Ma belle amie, on dirait que notre famille s'agrandit. Nous voilà quatre à présent.

Émue par ces mots qui lui offrent un futur, Naha-Ichon détourne la tête ; faisant mine de vérifier la marmite du déjeuner, elle dissimule ainsi la pâleur de son visage, l'humidité de ses yeux. Afin de se donner une contenance,

Hokshenah gratte le ventre du petit coyote qui gémit de plaisir et lui mordille le bout du doigt.

— Debout paresseux, faut organiser le bivouac pendant que le jour persiste...

La jeune fille entreprend de nourrir l'Enfant-Sans-Nom pendant qu'Hokshenah s'occupe des installations diverses du campement. Malgré la petite surface de toile dont ils disposent, l'intérieur est suffisamment spacieux pour y allumer une flambée et y faire entrer le traîneau à bagages.

Son ouvrage achevé, Hokshenah prépare des crêpes et quelques lanières de viande séchée, puis il va tendre deux pièges sur une piste de lièvre repérée peu auparavant.

La nuit d'hiver tombe vite, recouvrant la vallée d'un sombre masque qu'un lointain orage strie de reflets violets. Au retour d'Hokshenah, le bébé est couché sur le ventre de Naha-Ichon, bras et jambes étalés comme un écureuil endormi. La jolie scène tire un bougonnement de plaisir de la poitrine du garçon. Après avoir disposé sur le sol des branchages recouverts de peaux, Hokshenah s'occupe de ses blessures. Les ayant débarrassées de la graisse souillée de pus et de chairs mortes, il les enduit à nouveau de gras d'ours. Ses pieds le font moins souffrir. Hormis un orteil insensible, les autres ont retrouvé leur souplesse et une couleur normale.

Le bébé installé sur le traîneau dans son trou de fourrures et Naha-Ichon endormie, Hokshenah ravive le feu d'une branche d'érable, le bois qui donne le plus de chaleur et fait bouillir de l'eau dans un petit chaudron de fonte. Il se dénude, fait sa toilette. Chez le Dakota, l'hygiène corporelle est partie intégrante des rites religieux. Le corps, bien entretenu, permet à l'esprit de mieux se rapprocher du Créateur des choses. Quant aux vêtements, sales, ils laissent pénétrer le froid. Se changer souvent représente une nécessité guidée par la simple logique. Pendant ce temps, Sintaypoh couraille en glapissant à l'intérieur de la tente, tout entier occupé à la poursuite d'un surmulot noir. Le rat, couinant de frayeur, lui échappe en grimpant le long de la paroi de cuir où il demeure suspendu, quasiment à portée du turbulent coyote qui enrage. À l'écho de ce petit tumulte, Naha-Ichon ouvre les yeux. Son regard se pose sur la nudité d'Hokshenah. Elle avait déjà vu son père et ses frères ainsi dénudés et ne s'en étonne guère. Elle détaille le garçon, à son insu, avec un regard plutôt moqueur. Un intérêt différent se glisse bientôt dans son examen. Elle admire son compagnon pour l'homme qu'il représente. Hokshenah est beau. Tout en lui attire le regard, de son visage, viril et délicat tout à la fois, à la fine musculature de son corps. L'éclat doré des flammes fait luire sa peau ambrée. La jeune fille frissonne de plaisir. Son esprit s'enhardit ; la sensibilité de la femme qui s'épanouit en elle fait le reste. En son esprit, l'imagination lui fait connaître sa première expérience. Elle se voit tendre la main, effleurer la poitrine aux muscles saillants. Naha-Ichon devrait détourner la tête ou s'obliger à baisser les paupières. Trop émoustillée par son audace, elle n'y parvient pas. La vision de cette nudité l'émeut plus qu'elle ne l'aurait cru possible.

L'adolescent ne soupçonne rien de l'intérêt qu'il provoque chez sa jeune amie. Il enfile une courte pelisse et une paire de caleçons longs. Il en a trouvé plusieurs à Wounded Knee, d'un coton épais, confectionnés sur le modèle des Blancs par les femmes de son peuple. Il passe ensuite des vêtements plus propres, frotte les siens dans son reste d'eau chaude, étale une brassée de brindilles devant le grand feu allumé à l'extérieur par Naha-Ichon afin d'éloigner les prédateurs. Au cœur de l'hiver, il n'est pas rare d'apercevoir certains ours souffrant d'insomnie, réveillés par la faim ou un bruit insolite. Hokshenah dresse un panneau de branches entrelacées derrière le feu afin de diriger la chaleur vers l'intérieur du tipi.

Sintaypoh, lassé par ses vains efforts, abandonne le rat suspendu à sa toile. Il rejoint le garçon et joue avec les franges de ses mocassins.

Chapitre 3

Pour le jeune homme, l'instant est arrivé. Il prend place dehors, près du foyer crépitant.

Avec des gestes mesurés, sans impatience, il détache le petit sac décoré d'aiguilles de porc-épic pendu à sa ceinture. Il en tire sa *cannunpa*, courte pipe qu'il a taillée dans une racine de chêne vivant. Après les invocations d'usage, il la bourre de *canli*, un mélange de tabac, d'herbes et d'écorces diverses, nommé *kinni-kinniks* par les Natifs de l'Est. Chez les Dakotas, cette peau d'arbre est du *cancassa*, l'intérieur de l'écorce du cornouiller femelle, également appelé le sanglant, en raison de la couleur rouge de l'arbre lorsqu'il parvient à maturité. Comme les Anciens, Hokshenah y ajoute aussi de la *wacaga*, une herbe douce. Voilà, il est prêt pour *Takuwakankin*, la recherche des choses spirituelles. Il va s'adresser à Wakan-Tanka, bien qu'il n'ait pas encore totalement retrouvé le chemin conduisant à lui. À son sujet, Hokshenah a pris une étrange décision. Ce n'est pas lui qui fera les premiers pas de la réconciliation. Avant tout dialogue, le Maître céleste devra s'expliquer sur les dramatiques événements qu'il vient de permettre. Pourquoi n'a-t-il pas manifesté la moindre mansuétude envers son peuple malheureux? Pour la première fois, face à lui, Hokshenah se trouve en position de force. Il ne réclamera rien, il ne mendiera pas. Que Wakan-Tanka montre son vrai visage, seulement alors Hokshenah sera-t-il disposé à l'honorer suivant la tradition.

L'adolescent fume lentement. Quelques bouffées et son esprit, peu habitué à la fumée, subit l'effet soporifique des herbes à prières. Sa faculté de penser, enfin libérée de toutes contraintes terrestres, s'apprête à la communion céleste. Hokshenah prie comme tant de fois il a vu faire les anciens. Il chante, doucement, les mots de la vie, ceux-là mêmes qu'utilisait son père. Il a envie de rire, de pleurer aussi. En lui, douleur et joie s'opposent avec une semblable intensité.

Hokshenah devient le jouet des esprits, confronté à une gamme d'émotions contradictoires qui l'attirent en un tourbillon sans fin. Les ténèbres l'assaillent. Les siens ne seraient-ils morts que pour enseigner les vertus de la paix aux survivants? Pareil sacrifice était-il nécessaire? Le Grand-Esprit massacrant son peuple afin que l'Homme prenne conscience des vertus de l'amour, du respect et du partage? N'est-ce pas trop cher payer la leçon d'humanité?

Le destin...

Les arbres poussent, meurent, se décomposent, nourrissent la terre qui permet la croissance de nouveaux arbres... La peine d'Hokshenah s'atténue. En son cœur, Wakan-Tanka reprend sa juste place. L'Esprit-Dieu apporte des réponses à l'homme, lui explique la raison des choses de la vie, les réussites et les échecs des peuples. Wakan-Tanka met à la portée d'Hokshenah l'énergie primitive accumulée au fil des âges, à travers l'espace, mémoire universelle de ce qui fut. Seule la communication avec l'Être-Suprême permet d'y accéder.

La foi d'Hokshenah lui revient, étonnante. Comme la neige masquant les détails d'un paysage, elle atténue sensiblement les souvenirs odieux. Un jour, peut-être les effacera-t-elle...

Au-dessus du feu, les turbulences de l'air chaud repoussent les rafales de flocons qui repartent vers le ciel en tourbillonnant mollement. Hokshenah clôt les paupières, émotions partagées entre Wakan-Tanka et le désespoir. Contre sa hanche, le bébé coyote enroulé sur lui-même pleure dans ses rêves. À quelques pas, dans un boisé d'érables rouges, un couple de loups jappe à l'unisson. Le coyote tressaille et se faufile en pleurnichant sous le bras de l'adolescent qui le rassure d'un mot et glisse la main sous le petit ventre tiède. Dans sa paume, les battements désordonnés du cœur s'apaisent. L'homme et la bête s'endorment.

Quand Hokshenah ouvre les yeux, une épaisse couche de neige le recouvre. Il s'ébroue, étire son corps ankylosé, enfile des raquettes et fait à grands pas le tour du boqueteau qui abrite leur campement. Le coyote bondit à sa suite, mais l'empreinte laissée par les *homick-chaykah*, les chaussures à neige, sont trop profondes pour Sintaypoh. Il ne s'extirpe qu'à grand-peine de chacune des traces; puis, épuisé par l'effort, il renonce. S'asseyant sur la piste, derrière l'adolescent, il lance vers le ciel son premier cri de coyote, un beau hurlement, un peu triste en fait, qui rappelle la plainte du loup. Se croyant abandonné par son nouvel ami, le petit coyote pleure...

Ils se sont mis en route quand le soleil venait à peine de crever sa prison nuageuse. Ses rayons timides et froids les accompagnent de temps à autre, dès que la tempête laisse filtrer un espace dans les nuages leur permettant de se faufiler jusqu'au sol. Naha-Ichon a mal dormi. Hokshenah le devine à ses paupières gonflées et aux rides fines qui soulignent le coin de ses yeux. L'adolescente est assurément mal en point. Depuis le départ, elle a déjà fait halte trois fois prétendant avoir à prodiguer quelques soins à l'Enfant-Sans-Nom, insistant de plus pour cheminer seule à l'arrière. Hokshenah ne s'y trompe pas : ces arrêts fréquents ne sont que prétextes pour se reposer. Naha-Ichon ne se plaint pas avec des mots, mais la douleur s'étale en ses yeux, en chaque trait crispé de son visage, en ses murmures en aparté, en ce gémissement imperceptible qui accompagne chacun de ses pas. Hokshenah éprouve une réelle détresse à la voir ainsi, comprenant toute l'importance que la jeune fille a si rapidement prise dans sa vie. La veille, avant de se coucher, malgré son visible état de faiblesse, Naha-Ichon avait ramassé de l'écorce d'érable rouge, en avait décollé la peau intérieure, l'avait découpée en fines lamelles avant de la faire sécher près du feu afin de la réduire en poudre. Pour apaiser la douleur, l'avait-elle renseigné. Mais quelle douleur ?

À l'ouest, une tempête menace. La plaine s'étale jusqu'à l'horizon que dentelle une montagne aux pics rougis par l'aurore, la métamorphosant en gueule monstrueuse aux crocs sanglants. Devant eux, un lac étincelant. Un vent chaud a fait fondre la neige qui le recouvrait ; quelques bourrasques glacées jaillies du Grand Nord en ont fait un miroir immense. Les deux adolescents s'y engagent avec une certaine appréhension. Ils n'ignorent pas qu'en dépit des froids les plus rigoureux, la glace demeure mince aux endroits où l'eau ne cesse de tourbillonner.

Une matinée superbe. Un ciel azuré. Les rayons du soleil glissent en tous sens, rebondissent dans le ciel, l'illuminent à des hauteurs vertigineuses, bien au-delà des tempêtes en formation...

Soudain, derrière Hokshenah, un cri! Sa compagne, épuisée, vient de tomber. Et lui, le sot qui, sans protester, l'a laissée s'atteler au traîneau dès le matin. Une fille entêtée tout de même! Hokshenah se précipite pour la relever. Le rire joyeux de Naha-Ichon retient son élan.

— Cette glissade!

Hokshenah tend à la jeune fille une main qu'elle agrippe, mais...

Hé! Quelle malice! Elle l'attire vers le sol, le déséquilibre... Et les voilà tous deux bras et jambes emmêlés, sur le dos, sur le ventre, incapables de se redresser. Enfin ils parviennent à s'asseoir et se regardent, intensément, avec des yeux remplis d'une émotion nouvelle où l'amitié semble déjà avoir pris une saveur d'intimité qui, trop soudaine, ne les embarrasse pas, du moins pas encore; leur petit bonheur est trop imprévu. Ils en rient, à l'unisson. Le coyote qui, inexplicablement, a trouvé quelque autre rat sur ce désert de glace, pourchasse sa proie avec des gémissements rauques, s'étalant à chaque bond, en d'interminables dérapages. Dans sa cavité de fourrures, l'Enfant-Sans-Nom participe à la fête à sa manière, jetant les plus jolis cris de plaisir que les jeunes gens aient entendus de sa bouche.

— *Wonéyah!* Par l'Esprit! Naha-Ichon, attends-moi une minute!

L'adolescent se relève péniblement, abandonne dans sa position la jeune fille qui se récrie, animée d'une fausse indignation. En quelques coups de poing, il démanche une longue planchette du traîneau et la partage au couteau en quatre morceaux d'égale longueur. L'adolescent pose ensuite deux lanières de cuir en travers de chacune d'elles et recouvre le lien d'une couche de neige. Puis, de sa main nue, il lisse la neige qui fond sur toute la longueur des planches, emprisonnant le lien de cuir du même coup. Satisfait, il s'agenouille devant son amie, attache sous ses pieds les objets étranges, exécutant pour lui la même opération.

— Ma belle amie, voici des planches à glisser. À présent, montre tes talents...

Il la soulève sans effort. Sitôt debout, Naha-Ichon comprend ce que le jeune homme attend d'elle. Sous ses pas, le sol devenu mouvant se dérobe. Elle a peine à se maintenir sur ses jambes. Avec un cri de joie, l'adolescente s'accroche à l'épaule d'Hokshenah. Sans brusquerie, il la repousse.

— Ne triche pas. Avance sans soulever tes pieds en glissant... Voilà... Attention... redresse ton...

Elle est sur le dos. Il éclate de rire, glisse et tombe à son tour. À elle de s'esclaffer. Ils s'amusent comme deux enfants, se poursuivent en criant, en riant; le temps d'un court plaisir leur fait un peu oublier le drame. Bientôt, lorsque la jeune fille maîtrise mieux cette activité nouvelle, elle installe l'Enfant-Sans-Nom dans un panier d'osier à fond plat, y attache une longue courroie de cuir et, à vive allure, l'entraîne à sa suite, s'élançant, dérapant pour se retourner en virtuose. Le bébé, jeté d'un bord à l'autre dans sa corbeille virevoltante, rit aux éclats. Quelle joie les anime tous les trois! Naha-Ichon glisse et crie son plaisir dans une langue qu'Hokshenah ne comprend pas toujours. Soudain, il s'arrête, afin de mieux observer sa compagne. Et voilà qu'il ne sait plus s'il doit se sentir heureux ou désespéré. Il se réjouit pourtant de voir l'adolescente et le bébé s'amuser. Alors il pleure. Cette jeune fille qui patine en riant devant lui, cette fille-là, il l'aime déjà tellement...

— Hé! femme du peuple à la voix aiguë, tu es contente?

Naha-Ichon lève les yeux au ciel d'un air faussement exaspéré.

— Je me suis toujours demandé pourquoi les Dakotas nous surnommaient Cheyennes, «ceux à la voix aiguë». Quand mon grand-père chantait, on aurait presque juré un galop de bisons. À cause de vous, ce colonel Custer nous appelait les Chiennes, simplement parce que les Français prononçaient mal Cheyenne.

— Quelle femme compliquée tu es! Bah! Toutes ces paroles pour un nom. Avoue quand même que dans ta langue les fins de phrases sont criardes. Vos *ich*, vos *ech*. Ça siffle !

Naha-Ichon hausse les épaules avec agacement.

— Tu fais un beau *siffleux* toi-même !

— Dis, savais-tu qu'au pays où on va, « siffleux » est le nom que les Canadiens français donnent aux marmottes ?

— Pourquoi ça ?

— Parce qu'une marmotte effrayée, ça siffle, voilà tout !

Et, alors qu'il ne s'y attend pas le moins du monde, Naha-Ichon, des deux mains en pleine poitrine, repousse son compagnon sur la glace bleutée en une longue glissade arrière. Hokshenah agite ses bras en tous sens afin de recouvrer son équilibre, tente de se retourner, finit par s'étaler, tête la première dans une touffe de joncs pleine de neige. Hokshenah demeure un instant sans bouger. Tant de pensées confuses se bousculent dans sa tête. Avait-il jamais pris dans sa vie un plaisir de la sorte ? Même en compagnie de *Hayhonska*, « Longue-Corne », son ami de toujours, il n'avait jamais glissé sur un lac. D'ailleurs, s'était-il déjà diverti ainsi, lui qui depuis sa plus tendre enfance considère le jeu comme une déplorable perte de temps, une manie de filles ? Et maintenant, voilà qu'il s'amuse, en compagnie d'une fille justement, et qui plus est, il adore ça !

Hokshenah relève Naha-Ichon qui vient de tomber à nouveau tant elle rit. Leurs mains dégantées se touchent pour la seconde fois. Naha-Ichon conserve celle du garçon dans la sienne, un peu plus longuement que nécessaire. Hokshenah se trouble, recule l'épaule ; leurs doigts glissent, se frôlent un court instant. Une vive émotion saisit les adolescents. Le cœur d'Hokshenah prend le rythme d'une course vive. Le temps de ce frôlement, la jeune fille a posé des yeux reconnaissants sur ces mains qui lui permettent de découvrir semblable félicité. Son visage s'est aussitôt transformé, affichant une anxiété que le garçon ne lui connaît pas. Les yeux de Naha-Ichon luisent de larmes.

— Tes doigts... !

— Quoi, mes doigts ?

— Pourquoi n'as-tu rien dit ?

Elle entreprend de masser doucement la main boursouflée d'Hokshenah.

— Bah, c'est deux fois rien.

Hokshenah fait le bravache. Elle blêmit, bafouille.

— Certains... se décomposent... nous devons... les couper !

Hokshenah retient une plainte. Il s'oblige à respirer lentement afin de contrôler les battements de son cœur, redonner force à sa voix défaillante.

— Minute ! Tu ne vas pas gâcher cette belle journée avec ce... cette chose-là !

Naha-Ichon sourit au milieu de ses larmes et baisse la tête. Elle aimerait tant appuyer son front contre la poitrine de ce compagnon qui lui est devenu si cher, lui dire à quel point ce monde vide d'amour la déchire si profondément qu'elle en a mal à hurler...

— Les retirer... sans attendre, Hokshenah.

Il hausse les épaules. Courageuse attitude d'indifférence.

— On verra ça en fin de soirée, propose-t-il en ôtant ses planches à glisser.

Le baudrier de l'attelage à l'épaule, il prend la tête de la colonne. Sur ses joues, les larmes ruissellent. Il faut couper!

Sur le traîneau, l'Enfant-Sans-Nom babille, le petit coyote allongé sur son corps. Voyant Hokshenah tirer le bagage, la jeune fille s'offusque, ouvre la bouche sur une protestation qu'elle n'a pas le temps de formuler.

— Chez moi, la femme n'est pas esclave de l'homme, jette-t-il par-dessus son épaule. Si tu chasses, je cuisinerai. Si tu vas puiser l'eau, je prendrai soin du bébé. D'abord, ce traîneau est bien trop pesant. Tes jolies mains appartiennent aux caresses... pas à l'abattage des arbres.

Naha-Ichon est obligée de s'arrêter; ses jambes ne la portent plus. Ah, les belles paroles qu'a prononcées Hokshenah! Quelle émotion profonde la bouleverse, quelle tendresse la submerge!

La température chute d'un seul coup. Un froid paralysant accapare la plus grande partie de leur énergie et de leur esprit. Dès lors, la fuite des adolescents est accompagnée du craquement des arbres qui se brisent tels des brindilles sous l'effet de l'eau glacée qui a pénétré leurs moindres fissures. Ils se rompent avec des bruits d'armes à feu. À s'y méprendre! À tel point qu'en maintes occasions, les jeunes voyageurs croient avoir été rejoints par les soldats. Une crainte assurément salutaire. La facilité avec laquelle se déroule leur progression les a rendus trop confiants, voire imprudents. Rappelés à leur devoir par la nature elle-même, mis en alerte, ils vont désormais redoubler de prudence, inspecter les alentours à tout instant et en toutes circonstances. Mais que se passe-t-il? Hokshenah vient, pour la troisième fois, de surprendre son amie pleurant en cachette. Quel mystérieux mal la ronge ainsi? Le jeune homme tire son fardeau, dents serrées, afin de ne pas s'abandonner misérablement à la souffrance que lui font subir ses mains.

La température extrême oblige les adolescents à une surveillance constante de l'Enfant-Sans-Nom qui se découvre fréquemment le visage. Hokshenah et sa compagne doivent reconnaître que le bébé constitue un lourd handicap. Débarrassés de ce poids, ils iraient chaque jour plus vite, plus loin...

Naha-Ichon doit prendre d'infinies précautions pour changer ses couches en *mousse de caribou*, ingrédient indispensable dont elle fait chaque jour ample provision. La jeune fille la recueille autour des rochers où la mousse se décolle plus facilement. Aux bivouacs, elle installe sa récolte à sécher près du feu sur des bâtons. Pour la délicate opération du changement de couches, Naha-Ichon tend une toile sur quatre piquets et se glisse dessous avec l'enfant.

Depuis quelques jours pourtant, Hokshenah a peine à dissimuler son inquiétude. Naha-Ichon cueille, semble-t-il, d'avantage de mousse, mais ne change pas le bébé plus souvent. Questionnée, Naha-Ichon répond avec une mimique aussi énigmatique que rassurante.

— Ne t'inquiète pas pour la petite, elle est solide comme *Wagichun*, « l'arbre qui parle », finit-elle par dire.

— C'est vrai que le bruissement des feuilles du peuplier ressemble à des chuchotements humains, mais...

Hokshenah tente d'occuper son esprit à d'autres pensées, mais il y a cette mousse teintée de sang que la jeune fille a ensevelie dans la neige juste avant le départ.

Et le mystère grandit. Durant la halte de *Mazaskan skanaken nunpa*, « quand c'est le milieu du jour », Naha-Ichon s'éloigne discrètement vers le bois, une poignée de mousse glissée dans la poche de cuir suspendue à sa taille. Hokshenah vient de comprendre. Sot qu'il est. Naha-Ichon traverse « la période de la lune quand le corps de la femme peut nourrir l'enfant. »

Dès cet instant, Hokshenah a envers la jeune fille quantité de petites attentions afin de soulager sa peine sur la piste et au bivouac. Il ramasse le bois, s'occupe du feu, fait fondre la neige pour le souper et la toilette, aide à monter la tente. Il se souvient des sages propos de son père : « La lune où le corps de la femme perd ses forces dans le sang pour donner la vie est souvent une épreuve douloureuse. Même la toute jeune fille souffre, s'épuise plus vite... Il faut la respecter et l'aimer davantage. Durant ces journées-là, elle doutera parfois d'elle-même. »

Les amicales prévenances du jeune homme laissent Naha-Ichon muette de saisissement. Elle n'a jamais connu auparavant de tels égards dans son village où la perte du sang était considérée comme sale et déshonorante. La jeune fille reçoit avec gratitude ces multiples gentillesses. Auprès d'Hokshenah, elle découvre un monde nouveau, presque magique. Un peu grâce à Hokshenah, Naha-Ichon devient femme, elle apprend la vie...

Ce soir-là, Naha-Ichon et Hokshenah partagent leur repas en plaisantant, discutant de tout et de rien, tels de vieux amis. L'Enfant-Sans-Nom, étalé devant le feu sur une peau d'ours, se fait rouler d'un bord à l'autre par le museau du coyote. Sa joie fuse en rires aigus, interminables, image même d'un bonheur paisible.

La température s'est radoucie.

Ils pourraient se sentir heureux...

Arrive l'instant redoutable, si longtemps repoussé de part et d'autre. Naha-Ichon fait rougir une lame de couteau entre les bûches et dresse une pierre plate près du feu. Sans un mot, Hokshenah s'agenouille devant la jeune fille. Il se souvient d'avoir assisté, un jour de son enfance, à *Wiwan yag wachipi*, «la danse du regard vers le soleil», cérémonie sacrée au cours de laquelle les jeunes garçons accèdent au statut de guerriers. Les adolescents étaient reliés à *Wagichun*, «l'arbre bruissant», par des liens noués à des os acérés traversant les pectoraux. Pour se libérer, les danseurs devaient déchirer le muscle en se jetant en arrière. Cet acte de bravoure accompli, le *Shaman* tranchait le petit doigt de la main gauche du nouveau guerrier. Mutilation que les femmes subissaient parfois. La mère d'Hokshenah s'était ainsi amputée elle-même d'un doigt à la gloire de son frère mort au combat[2].

Le Blanc trouvait cela barbare, lui qui massacrait au canon femmes et enfants.

Ce soir, mais dans de moins glorieuses conditions, Hokshenah allait connaître un peu de l'excitation qui saisit les futurs guerriers. Il le devenait par la grâce d'une femme, à l'époque de la lune où elle ne peut pas donner la vie. Appréhensif, Hokshenah pose sa main sur la pierre. Ce n'est certes pas la crainte qui l'anime, ni la douleur qui s'élance

---

2 - NDA: Ces deux coutumes n'ont pas survécu après que les réserves où vivaient les différentes tribus eurent été créées.

en chacun de ses doigts, mais cette incertitude menaçante. Quels doigts vont être sectionnés ?

Il n'ose le demander. Et il prie, afin que son amie *n'ôte pas les doigts de la flèche*, ceux de la chasse et du combat ! Sans eux, il sera un homme diminué, incapable de se défendre, de subvenir aux besoins de sa famille.

La jeune fille coupe, deux fois.

La bouche du garçon ne laisse pas échapper la moindre plainte. Il n'a pas regardé, pas encore. Il fanfaronne :

— Bah... C'était pas grand-chose...

Puis il baisse les yeux. Ses doigts pour la flèche ne se trouvent plus à leur place ! Par tous les Esprits ! Il s'affaisse, inconscient sur son lit de branchages.

Au petit matin, Hokshenah brûle de fièvre. L'infection s'installe. Naha-Ichon s'occupe de lui, patiemment, avec une tendresse qui n'échappe pas au blessé. Elle met en œuvre « les grands moyens ». Dans le bagage, elle a trouvé les ingrédients souhaités provenant d'échanges avec des trafiquants blancs : du tabac, de la poudre noire, une fiole de whisky ainsi que plusieurs poudres et remèdes traditionnels. Elle mélange le tout, y incorpore en plus quelques herbes médicinales. La préparation achevée, Naha-Ichon incise la chair infectée, y introduit sa mixture. Hokshenah, malgré sa volonté de résister à la douleur, pousse un cri étouffé et perd à nouveau connaissance.

Il délire toute la nuit. La perte de ses doigts pour la flèche l'obsède.

— Que vais-je devenir ? se lamente-t-il.

— Le loup pris au piège par une patte ampute ce membre de ses propres dents. Même s'il devient invalide, commence la jeune fille, il survit, apprenant à courir sur trois pattes. Dès que tu iras mieux, tu t'entraîneras au tir de la main gauche. Je t'aiderai.

Hokshenah sourit.

— Mais tu es une fille !

— C'est gentil de t'en apercevoir. Pour toi, une fille est juste bonne pour nettoyer le derrière des enfants et faire la soupe, on dirait. Mon premier jouet d'enfant était un arc. Mon père voulait un garçon...

— Alors je tiendrai ma flèche de la main gauche, murmure-t-il avant de s'endormir, rasséréné.

Au réveil, il se sent mieux. Il a faim, soif, envie de bouger...

— Rien de tel qu'un petit somme, tu devrais...

À l'air narquois de sa compagne, sa fin de phrase demeure en suspens.

— Je t'écoute, petite sœur.

— Cela fait trois soleils que tu délires, petit frère.

— Mais...

— L'infection était montée sous les bras... Des boules dures.

Le garçon ouvre des yeux effarés, touche discrètement le devant de son pantalon de peau, puis l'arrière. Tout semble normal.

— Et en trois jours je... je n'ai pas... rien ?

— Si !

Hokshenah se mord la lèvre, rouge de honte.

— Par tous les Esprits!... Tu... tu as...

— Je t'ai changé, et j'ai vu... Jusqu'à ce matin, tu portais une couche de mousse.

— Comment as-tu osé? Tu aurais pu au moins...

— Demander ta permission?

Agenouillés l'un devant l'autre, ils éclatent de rire, se poussent les épaules du bout des doigts. L'amitié! De vieux amis qui chahutent.

Puis, ils se regardent, se détaillent, tendrement...

— Tu ne sais pas que... le premier soir, quand tu te lavais...

— Ne me dis pas que là encore...

— Si!

— Et du point de vue féminin... c'était comment?

— Ben... disons... pas mal!

Mais ce petit jeu de l'insouciance est au-dessus des forces de la jeune fille. Le visage écarlate, elle se redresse brusquement et va s'occuper de l'Enfant-Sans-Nom qui réclame son déjeuner à grands cris.

— Nahich?

Elle se retourne vivement, du bonheur dans l'œil et la trace d'une larme naissante à ce nom que sa mère lui donnait lorsqu'elle était enfant.

— Ou... oui?

— Je ... enfin, rien.

Hokshenah courbe la tête sur une pointe de flèche à retailler.

Devant la tente, Sintaypoh hurle vers le ciel nuageux. Dans le bois proche, un loup répond d'un jappement exaspéré. Il a faim. Sans cette présence humaine sur son territoire, le petit coyote ne verrait pas arriver la nuit.

Hokshenah sort, s'allonge sur une peau devant la tente, ferme les yeux, s'assoupit. Le froid est trop vif. Naha-Ichon vient le chercher peu après. L'instant est arrivé...

Ils sont assis face à face, un petit feu de bois les sépare. Aucun n'ose prendre la parole, par embarras ou timidité. La minute est délicate. Hokshenah va sûrement parler de l'enfant, Naha-Ichon en a le pressentiment. Ces derniers temps, l'adolescent y avait fait allusion à plusieurs reprises. Il se décide enfin à rompre le silence :

— L'Enfant-Sans-Nom devient solide... grâce à toi.

Naha-Ichon a un sourire contraint.

— Il lui faut un nom, propose la jeune fille.

Hokshenah se force à répondre.

— La coutume dit d'attendre douze hivers avant de choisir un vrai nom.

— Et si elle mourait sans nom durant le voyage ? Jamais l'Esprit ne la retrouverait parmi tous les peuples de la plaine.

— Comme tu veux... après tout c'est ta sœur. Mais j'y pense... N'est-ce pas aux vieilles femmes à choisir les noms d'enfants ?

— Tu en vois une par ici ?

Hokshenah tord la bouche, prétendant être pris de court.

— Ma foi... tu es la plus âgée du coin !

— Parfait... Que dirais-tu de *Chont'kin-yah* ?

Le garçon acquiesce d'une crispation des lèvres ; son regard brille de plaisir. La petite fille se nomme « Amour », *Chont'kin-yah*.

— Comment as-tu pu trouver ce joli nom si vite ? demande-t-il.

— J'y pense depuis que j'ai... Quel fou ! Qu'essaies-tu de me faire dire ? Ne recommence pas tes inepties... Ce bébé est à moi, il est... mon... mon enfant !

Durant un instant, Hokshenah est bien près de s'emporter. Il se souvient à temps que la colère met immanquablement à sa bouche des mots qu'il regrette toujours.

— Naha-Ichon, si tu avais un enfant, à toi, que...

— Laisse-moi en paix, bavard !

La jeune fille installe *Chont'kin-yah* dans son berceau quand elle éclate en sanglots et quitte la tente. Le jeune homme en est bouleversé. Il s'en veut terriblement d'avoir contrarié sa compagne, se promettant à l'avenir de mieux contrôler ses propos lorsqu'il s'agit du bébé.

Hokshenah range le bagage, démonte la tente et, accablé de remords, attend impatiemment le retour de Naha-Ichon. Dès qu'il aperçoit sa mince silhouette à travers les arbres, il a envie de courir à sa rencontre, de la prendre dans ses bras, demander son pardon, l'embrasser aussi... Il ne dit rien, ne fait rien. Il n'ose pas...

La journée passe sur ce malentendu ; interminable journée, composée de tristesse et de ces phrases banales que fait surgir la gêne.

Ils font halte au crépuscule, montent la tente, mangent, toutes tâches accomplies dans le plus affligeant silence. Puis, suivant une habitude prise dès le premier jour de leur fuite, Hokshenah sillonne les environs, assez loin du campement ; trois autres rondes de surveillance sont aussi prévues au cours de la nuit. La prudence devient impérative. Les jeunes gens traversent actuellement un territoire appartenant à une tribu ennemie.

Un cri strident de Naha-Ichon le ramène brusquement dans le tipi. Les poings serrés le long de ses jambes, l'adolescente se tient à trois pas de l'enfant qui gigote, nu sur sa fourrure. La jeune fille est affolée, visiblement incapable de prendre la moindre décision.

Son attitude incompréhensible stupéfie son compagnon. Naha-Ichon lance des mots terribles dans sa langue. Quelle rage l'anime ! Sitôt que Hokshenah s'en approche, tendant une main amicale, elle se précipite sur lui, martèle sa poitrine et son visage, accompagnant chaque coup d'un cri, d'une injure. Un comportement incohérent.

— Que les Esprits t'écrasent, Hokshenah, tu m'as trompée ! Tu as dit que cette saleté de gamine était ta sœur.

Statufié, le jeune garçon ne sait comment réagir. Après un coup violent qui lui fait éclater la lèvre, Hokshenah lève un bras devant son visage.

— Voyons, explique-toi.

— Menteur... Monstre !

Les coups reprennent, Hokshenah doit maîtriser la jeune fille ; enserrant ses poignets, il plonge ses yeux dans les siens.

— Calme-toi, petite chérie... Chut, doucement.

— Ta sœur ? Parlons-en ! Elle avait besoin d'un bon lavage.

Hokshenah relâche son étreinte. En lui, fulgurante, grandit l'inquiétude. L'enfant est-elle mal formée ? Le jeune garçon s'en approche, le visage moite d'une sueur froide. Un simple coup d'œil lui suffit. Il vacille, les yeux écarquillés par l'horreur. Un son grave emplit sa poitrine. Son cri est un gémissement continu, une incommensurable douleur. Un cauchemar ! Débarrassé de la crasse et du noir de fumée des bivouacs, le petit corps de l'enfant est blanc !

Ô Wakan-Tanka ! Quel est ce châtiment nouveau ?

Hokshenah ne comprend pas. Il pleure, anéanti. Marchant de long en large devant le tipi, Naha-Ichon se lamente, un grondement roule dans sa gorge. Les jeunes gens sont à ce point hébétés qu'ils ne savent de quelle manière exprimer leur émotion. Après un long silence, la jeune fille crache par terre.

— *Winyonwe t'kowin*! Voilà ce qu'était ta mère! crie-t-elle, la voix vibrante de colère.

— Ma mère une… Comment oses-tu? Ne redis jamais ces mots, où je…

Il lève un poing fermé.

Elle avance vers lui, tend le menton, crânement.

— Vas-y, frappe. Ça ne changera rien au fait que ta mère a enfanté d'une pourriture blanche! Le père devait donc…

— Suffit!

— Si c'est ta sœur, comment peux-tu ignorer que…

— Je ne sais plus, Naha-Ichon. Je ne comprends rien, rien du tout.

La jeune fille se radoucit.

— Ta mère a pu être agressée par un soldat ou…

Hokshenah lui prend la main, secoue la tête, désespéré. Naha-Ichon se tait. Il s'écarte d'elle, sort, s'éloigne dans la tempête qui le dissimule bientôt. Le jeune homme tente en vain de réfléchir. La lumière refuse de se faire en lui. Il persiste pourtant dans sa quête. Des images surgissent alors de sa mémoire.

Il se souvient de la joie de sa mère, avant la naissance, puis de son incompréhensible tristesse qui a suivi l'accouchement. Hokshenah et ses deux sœurs avaient cru que le bébé était difforme. Est venue ensuite l'interdiction à la famille de voir le bébé durant sept jours, ce que chacun accepta sans discuter. Cette décision étant l'expression d'un sacrifice maternel dédié à Wakan-Tanka en échange d'une faveur. Soudain, Hokshenah se mord la lèvre jusqu'au sang. Il a compris…. À l'époque de cette naissance, le nouveau-né d'une famille de Quakers vivant dans la région avait été dévoré par un ours. C'est du moins ce que leur petite communauté avait rapporté.

C'était donc cela. La sœur d'Hokshenah, morte à la naissance, son père aurait volé l'enfant et déposé le long d'une piste d'ours un lambeau ensanglanté de son vêtement afin de faire croire à ce drame. Hokshenah tremble de rage et de honte. Comment ses parents avaient-ils osé introduire une chienne blanche dans leur famille?

Hokshenah revient dans le tipi. Il implore du regard le secours de Naha-Ichon. Il ne reçoit que dédain.

— Qu'elle crève, la saleté! jette Naha-Ichon avec colère.

Hokshenah tend la main vers elle, arrondit les lèvres sur un mot. Naha-Ichon le repousse du bras tendu.

— Ne me parle plus de cette… cette bâtarde, lâche-t-elle d'une voix rauque. Ses parents, ses frères, son peuple entier a tué tous ceux que j'aimais.

La nuit est interminable. Avec cet impensable fardeau pesant sur leur esprit, dormir est impossible.

La mise en route matinale s'impose à eux comme un véritable calvaire. Ils mangent à peine et dans le plus complet silence. Le bébé pleure sans interruption, il a faim. L'adolescente refuse de le toucher. Hokshenah, désorienté, ne sait plus que dire ni que faire. La trahison de ses parents est impardonnable. Cet enfant n'est pas de son peuple, elle ne lui est rien.

— Tu es... sûre... qu'il... n'y a pas d'autre... solution? demande Hokshenah d'une voix à peine audible.

La jeune fille hausse les épaules avec indifférence et prépare les bagages pour le départ. Désespéré, le garçon plie la toile de tente, lie ensemble les six piquets, enfile son manteau d'hiver. Le froid est mordant. La neige tombe à gros flocons. Quel désarroi bouleverse son âme.

Naha-Ichon pose le bébé sur des branches de pin arrangées près du foyer. Hokshenah s'approche de la petite fille qui jacasse en jouant avec un pompon de son bonnet. Tout est dit. Il ne peut revenir en arrière. Ce bébé si joli, ce petit être qu'il chérit depuis huit mois, appartient à la race des assassins qui viennent de massacrer tous les siens! Enfant né d'une race détestable, enfant du diable. Le bébé lui sourit. Le jeune homme se détourne vivement, s'éloigne.

Le bagage rapidement chargé sur le traîneau, Naha-Ichon s'y attelle. Ils se mettent en route. Morose, Hokshenah suit l'adolescente, épaules basses, cœur à l'agonie. À chaque enjambée l'éloignant de Chont'kin-yah, son cœur s'alourdit davantage. N'y tenant plus, le jeune homme revient sur ses pas, retire de son cou sa fourrure de renard et en recouvre la petite fille qui gazouille de plaisir en l'apercevant. Hokshenah fait volte-face d'un seul coup, évitant de croiser le doux regard du bébé. Il s'enfuit, rejoint Naha-Ichon qui l'attend plus loin. Elle l'interpelle, coléreuse :

— Pourquoi as-tu fait ça ? Il vaudrait mieux qu'elle meure vite.

Hokshenah s'abstient de lui faire remarquer qu'elle-même a pris soin d'installer l'enfant près du foyer. Hokshenah s'éloigne de l'enfant, que ce matin encore il appelait petite sœur. Naha-Ichon marche sans se retourner, bien déterminée à ne pas se laisser attendrir. Le jeune garçon en est incapable. Tous les trois pas, il jette malgré lui un regard par-dessus son épaule, déchiré par ce que les circonstances lui demandent d'accomplir. Il peut encore voir, au loin, les bras du bébé s'agiter sous la peau de renard. Petite diablesse blanche, cette douleur qu'elle lui causait.

Le garçon cherche le coyote, l'appelle. Il a disparu.

— Et puis... va donc te faire bouffer par les loups... sale orphelin !

Lui, dire cela ! Ces paroles le font frémir.

Le bivouac vient juste de disparaître derrière un bouquet d'arbres. Hokshenah s'arrête. Il revoit l'enfant sur les genoux de sa mère, ses petites lèvres goulues qui cherchaient le sein nourricier. Un joli spectacle. Son cœur lui fait mal. Ce bébé, qu'il soit ou non le sien, sa mère l'avait aimé. Grâce à lui, elle avait repris goût à la vie. Hokshenah serre violemment les poings. Chont'kin-yah est sa sœur adoptive, un bébé que ses parents ont aimé.

N'y tenant plus, il retourne rapidement sur ses pas. La voix exaspérée de Naha-Ichon le rattrape.

— Laisse-la, fou que tu es!

Hokshenah s'agenouille auprès de l'enfant déjà complètement recouvert de neige. Une surprise l'attend lorsqu'il soulève la fourrure rousse. Le coyote est là, allongé de tout son long, sa tête contre la joue du bébé. Hokshenah prend la petite fille dans ses bras. Les larmes de l'adolescent se mêlent bientôt au rire du nourrisson.

Lorsqu'il rejoint Naha-Ichon, celle-ci lui lance un regard noir de fureur.

— Un jour, je la tuerai! articule-t-elle d'un ton monocorde à ce point décidé que le jeune homme en reste tout étourdi.

— J'en doute, tu n'es pas si méchante.

— Mon frère égorgé là-bas avait son âge!

— Mais elle, elle n'a rien fait.

— Elle va grandir et deviendra comme eux.

— Non! Nous l'élèverons dans nos principes. Elle sera douce et forte, comme toi.

Naha-Ichon se trouble.

— Garde tes satanées flatteries... et puis fiche-moi la paix, tu es stupide !

À partir de ce jour-là, Hokshenah s'occupe seul du bébé. Naha-Ichon les ignore, ostensiblement, lui et l'enfant. Néanmoins, elle ne semble pas prête à mettre sa menace à exécution, dans l'immédiat du moins. Hokshenah ne se laisse pas abuser. La jeune fille, doublement traumatisée par la perte de sa famille et la déchirante découverte de l'identité du bébé, pouvait feindre l'indifférence afin d'endormir la méfiance d'Hokshenah et mieux le tromper.

Malgré une mauvaise humeur de tous les instants envers son compagnon, Naha-Ichon tient parole et lui fait pratiquer son tir de la main gauche. Excellente tireuse, elle se montre un remarquable professeur. Retrouvant ses doigts de la flèche avec la main gauche, Hokshenah redevient guerrier. Sa tendresse pour Naha-Ichon s'affirme, n'en est que plus profonde.

Le jeune homme rentre de la chasse. Le coyote trotte devant lui. Hokshenah est satisfait de sa sortie. Il ramène un superbe orignal. De la viande pour une semaine au moins. Sa compagne sera contente. Le tipi est en vue. Pas un bruit ne s'en échappe, aucun mouvement aux alentours. Une mauvaise prémonition lui fait accélérer le pas. Le bébé ! Et si Naha-Ichon avait décidé de passer aux actes et...

Il abandonne son chargement, se met à courir. Devant la tente, il s'arrête, comme paralysé. À l'intérieur, un silence oppressant. Hokshenah pousse le panneau de cuir qui masque l'entrée. Il a peine à respirer. Ce qu'il découvre emplit son cœur de gratitude envers le Maître des choses. Naha-Ichon a posé le bébé entre ses genoux, sur sa jupe tendue et lui confectionne une poupée de chiffons. La jeune fille regarde Hokshenah du coin de l'œil, avec ironie. Elle sait évidemment à quoi pense l'adolescent et s'en amuse.

La scène est rassurante, mais l'état d'esprit de Naha-Ichon durera-t-il? Accepte-t-elle de bonne foi cette petite fille née d'une race ennemie?

Les jeunes gens sont maintenant en route depuis quatre semaines. La journée se termine sur une tempête hurlante comme un ours blessé. Après le repas, Hokshenah et l'adolescente s'assoient devant le feu crépitant. La dorure des flammes met des paillettes scintillantes dans leurs yeux. Ils parlent peu, évitent d'aborder certains sujets qui pourraient leur faire verser des larmes. Être témoin de l'anéantissement d'un peuple rend tout dialogue insipide. Le bon sens dit que pour apaiser leurs blessures, ils doivent oublier. Mais oublier semblable tuerie, oublier qu'ils risquent probablement leur vie pour sauver le nourrisson d'un Blanc est-il réaliste? Un jour viendra cependant où ils devront évoquer ces terribles évènements, s'interroger sur le but de cette vie qu'un hasard leur a conservée, ce que la douleur actuelle ne permet pas encore. Mais plus tard, lorsque le temps aura séché les larmes et atténué le contour des visages regrettés, alors peut-être sauront-ils se laisser attendrir par quelque paisible souvenir, une joie simple, un bonheur disparu. Aujourd'hui, rapprochés par une commune infortune, ils s'accrochent l'un à l'autre, comme deux enfants effrayés, refusant de sombrer dans ce néant qui semble le seul destin offert aux tribus des Premières Nations par la race conquérante. Ce premier mois passé ensemble leur a déjà offert des instants précieux. À leur insu, chaque jour écoulé s'est enrichi d'une profusion de souvenirs anodins qui, une fois rassemblés, commencent à former un petit tout solide, comme une maison qui s'érige.

L'ébauche d'un avenir...

Ces émotions partagées, cette vie qui repart de rien, mettent un baume sur leur détresse. Même si la découverte cruelle de l'identité réelle de *Chont'kin-yah* demeure vive en leur esprit, même si Hokshenah appréhende toujours une action funeste de la part de sa jeune compagne, chacun d'eux a su trouver en son âme la force de lutter.

La nuit s'est brusquement abattue sur leur coin de forêt, escamotant le violent blizzard qui les assaille de toutes parts. Naha-Ichon ne parvient pas à s'endormir; trop de pensées turbulentes assaillent son esprit, certaines assez agréables, rares en vérité, et d'autres, hélas nombreuses, sombres et déplaisantes. Dans son coin de traîneau, la petite fille dort en poussant parfois de petits cris effrayés au milieu des premiers cauchemars d'une existence déjà bouleversée avant même d'avoir commencé pleinement, rêves douloureux qui la poursuivront probablement tout au long de ses jours. Le coyote, assurément le plus heureux de tous, joue au milieu de ses fourrures. Hokshenah s'éloigne du bivouac, pénètre dans le bois et sort sa pipe. Il a besoin d'aide, tellement besoin! Il remplit d'herbes à rêves sa courte cannunpa et l'allume avec une branche de sauge, le bois consacré à l'usage exclusif de la cérémonie du *chon-de*, le tabac. Il se lève alors et rend hommage aux sept directions sacrées de la vie: les quatre points cardinaux, le ciel, la terre et le Maître des choses, puis il s'agenouille et fume, lentement, jusqu'à perdre à demi conscience. Hokshenah se sent bien. Il devient l'air et le feu, la force de la terre et des rivières...

C'est l'instant de la rencontre suprême.

Une concentration intense sur les choses spirituelles et lui apparaît l'Esprit de la Jeune-Fille-Bison-Blanc, celle qui donna le calumet à la Nation dakota. Elle lui indique au moyen d'un décor montagneux le chemin conduisant à *Konshema kohshe*, «l'immense pays nordique», le Kanata, mot signifiant rassemblement de tipis en langue huronne. La Jeune-Fille-Bison-Blanc annonce à Hokshenah qu'au terme de son périple, il verra la souffrance du loup persécuté. Il en fera son animal fétiche. Elle lui fait ensuite voir une plaine délimitant les territoires de la Petite-Mère-Blanche, la Reine et, à quelques pas de cette frontière, un soldat agonise, une flèche dakota fichée dans la poitrine.

Lorsque l'adolescent retrouve ses esprits, le bivouac est plongé dans l'obscurité. La neige s'est accumulée sur lui au point de le dissimuler totalement. Le petit coyote dort à proximité, enroulé sur lui-même. Soudain, le jeune homme sursaute. Naha-Ichon se tient devant lui, le visage ravagé par une colère qu'il ne tarde pas à assimiler à l'inquiétude. Il éclate néanmoins de rire. L'esprit encore tout engourdi par les herbes à rêves et sa vision, il ne réalise pas l'insolite de son comportement aux yeux de la jeune fille.

— Contente que ça t'amuse! s'énerve l'adolescente. Il gèle! Autour de nous, les pierres se fendent, les arbres éclatent, et en pleine nuit, monsieur dort sous la neige, ses mains... ses pauvres mains à peine enveloppées.

Les yeux d'Hokshenah s'agrandirent d'horreur. Entre ses doigts mutilés se trouve sa cannunpa, sa pipe en terre rouge. Un cri de rage monte de sa poitrine. Cette fille inconsciente! Elle a vu la pipe sacrée durant la période lunaire où son corps peut donner la vie!

Il ne peut exister plus grave sacrilège!

— *Tahwahchin Tahtah, Yah tohkon...* Femme stupide, va-t'en! hurle-t-il.

La jeune fille reste pétrifiée. Elle vient à lui, guidée par la compassion et il la repousse, si durement...

— Tu as regardé la pipe ! Alors, ma fille, écoute bien...

— NON ! Toi, tu vas écouter, *Checha M'nah Mahkah* !

— Me... Moi... un putois pu...puant ? Bah, ça...

— Et je connais dans ta langue d'autres mots d'une pareille délicatesse. Ainsi ton grand Wakan-Tanka tremble de peur devant le sang des femmes ?

— Chez nous, le rouge représente la guerre, la mort !

Malgré une colère légitime, Naha-Ichon est ravie. Elle ose élever la voix devant un homme. Un plaisir subtil, enivrant. Elle le poursuit.

— Ridicule ! Ce sang des femmes nourrit le bébé qu'elle porte. C'est avant tout le rouge de la vie qui prend forme. Et je devrais avoir honte de ma condition de femme pour un Wakan-Tanka aveugle qui laisse massacrer les siens sans réagir ? Au diable vos Esprits et leurs croyances ridicules dans lesquelles l'homme renie la femme...

— Tu veux quoi exactement ?

— Du respect ! Accepte-moi comme je suis. Voilà.

— C'est que...

— Je veux qu'on m'apprécie un peu plus qu'une vieille pipe puante...

Un sanglot brise sa fin de phrase, sa colère n'existe plus, la laissant à la merci du moindre reproche de son compagnon. Elle tourne alors vivement le dos et regagne la tente à longues enjambées. Hokshenah reste immobile, désorienté par la colère de son amie. Il connaît ses torts, bien entendu. Il doit se faire pardonner. Vite, il prend une décision. D'un geste brusque, il lance la pipe parmi les buissons qui cernent le campement. Hokshenah rompt ainsi le lien de servitude l'attachant à Wakan-Tanka, celui qui, depuis la nuit des temps, décide du destin des hommes, qualifie de bons ou de mauvais les évènements de leur vie physique et spirituelle, souvent sans raison apparente.

Hokshenah rejoint la jeune fille dans le tipi, bien décidé à lui présenter des excuses tant qu'il en a le courage. Il la trouve endormie ou faisant semblant et n'ose pas la déranger.

Le lendemain, ils ne s'adressent pas la parole une seule fois. Chacun vaque à ses occupations, sans se préoccuper de l'autre.

Le soleil vient de s'abîmer derrière un pic montagneux scintillant de glace. L'heure du bivouac approche. Les jeunes gens n'ignorent pas que le tête à tête qui se rapproche sera plus embarrassant encore que durant le jour écoulé s'ils ne trouvent pas la manière de remédier au plus vite à ce malentendu qui les oppose.

Le tipi monté, Naha-Ichon s'éloigne afin de réfléchir en paix. Elle n'y parvient pas. Son esprit, tourmenté depuis le matin, ne fait que repousser l'épreuve.

Hokshenah prépare le repas en ronchonnant. Savoir son amie seule dans le bois ne lui plait guère. Il s'en veut beaucoup de cette situation ayant évolué si négativement en partie par sa seule faute. Malgré sa banalité, le conflit ridicule qui les sépare ne leur offrira pas la moindre issue tant que chacun restera sur des positions aussi intransigeantes. Ce n'est pourtant pas faute d'avoir imaginé quantité de solutions. La tension entre eux est devenue insupportable. Que de difficultés pour résoudre les problèmes !

Naha-Ichon se tient devant lui, un arc et une poignée de flèches à pointes d'obsidienne à la main. Deux lièvres à pattes fourrées dépassent d'un sac de cuir pendu à son épaule. Les adolescents demeurent ainsi sans bouger, se regardant simplement, incapable de prononcer la moindre parole. D'ailleurs à quoi bon les mots. Ne leur reste que la tendresse. Les voilà dans les bras l'un de l'autre, riant et pleurant tout à la fois. Elle appuie le front sur la poitrine de son compagnon et il la serre contre lui, doucement.

Ehcha H'dah ! Régler un différend, c'est tellement simple.

Hokshenah sort effectuer sa ronde de surveillance. Il va au hasard parmi les formes tourmentées d'une forêt de chênes. Il découvre dans un buisson une carcasse de chevreuil dont le poitrail a été épargné par les prédateurs. Il en prélève quatre longues côtes et retourne au campement. Là, il entreprend de tailler les os près du feu, mais, vaincu par l'épuisement de cette journée, il s'endort sur son ouvrage. À ses pieds, le coyote gronde. Le jeune homme ne l'entend pas.

Le coyote sort du tipi, s'enfonce dans la tempête. La nuit blanche ondule devant lui. Un mouvement dans la noirceur attire son regard vif. Il grogne sourdement, prend un air menaçant. Parmi les troncs serrés du boisé, une forme humaine épie le bivouac ; une lueur haineuse se glisse dans ses yeux. Un coup de vent chargé de flocons épais balaie l'inquiétante silhouette. Le paysage retrouve sa sérénité.

Peu avant l'aube, un hurlement de loup réveille Naha-Ichon. Il flotte dans la tente une agréable odeur de crêpes. Les yeux clos, évitant de faire craquer sa couche de branchages, la jeune fille savoure l'instant privilégié. La minute est belle, mais si douloureuse. Elle ressemble un peu au passé...

De son recoin de pénombre, l'adolescente observe Hokshenah, le cœur empli d'affection. Il travaille avec des gestes précis, Naha-Ichon pourrait presque dire, mesurés. Le feu ronflant projette ses éclats ondulants à travers la tente, plaquant des clartés cuivrées sur le beau visage du jeune homme. Il commence par préparer une bouillie de flocons d'avoine pour Chont'kin-yah. À cette pensée, une bouffée de rage coupe la respiration de la jeune fille. Stupide Hokshenah qui s'occupe en premier de cette enfant des Blancs! Mais tout aussitôt l'agréable odeur qui flotte à l'intérieur de la petite habitation de peau ramène l'esprit de Naha-Ichon à de meilleurs sentiments. Elle reconnaît le parfum du sucre d'arbre qui chauffe. Et cette douceur-là est pour elle, rien que pour elle! La colère de la jeune fille s'effrite, tombe. L'agréable surprise qu'Hokshenah lui faisait là! Un garçon attachant, si différent des autres. Sans le bébé, Naha-Ichon serait si bien près de lui. En ce moment, le jeune garçon change la couche de la petite fille. Naha-Ichon éprouve un grand plaisir à l'observer durant l'accomplissement de cette tâche féminine que les hommes de son peuple n'auraient jamais assumée, sous peine de se rendre ridicules aux yeux de toute la tribu. Seuls les *Wink-dah*, « ceux qui sont presque des filles », prenaient parfois soin des petits. Hokshenah, lui qui est fort et courageux comme un adulte, est néanmoins aussi capable de se montrer doux et attentionné. Un être assurément très rare.

Naha-Ichon s'apprête à quitter la chaleur de sa couche lorsque son regard découvre deux objets posés à hauteur de son visage. Son cœur se met alors à l'unisson de ses émotions. Il bat plus vite, plus fort. Près d'elle, sur la ramure d'une branche de pin, se trouvent deux planches à glisser en érable, soigneusement ouvragées à la forme de son pied, avec, au-dessous, un os courbe taillé en lame de couteau. Aux quatre coins, les attaches : des lanières de cuir traversent les planchettes. La jeune fille laisse échapper un cri de plaisir. Tant de gentillesse la bouleverse. Elle réalise, émue, que son compagnon a exécuté ce bel ouvrage durant la nuit. En son honneur, il a employé son précieux temps de sommeil à façonner cette œuvre magnifique. Brusquement, sa gorge se serre. La jeune fille vient de remarquer les marques brunes qui maculent le bois par endroits. Le cœur battant à se rompre, elle examine attentivement les planches à glisser. *He-Cha-H'dah Wo-Ne-Yah*! Par l'Esprit! Le bois est imprégné de sang. Que de souffrances Hokshenah avait endurées pour elle...

Naha-Ichon pleure sans bruit. Elle a tant de choses à regretter, tant d'instants heureux à fêter depuis qu'elle chemine en compagnie d'Hokshenah. À sa plus intense stupéfaction, le sang de son ami éveille en elle de la compassion envers la petite fille bavardant dans son berceau. Naha-Ichon pleure ainsi sur le passé et la douceur des jours présents. L'adolescente regarde son compagnon avec une tendresse qui déjà s'apparente aux sentiments exaltés de l'amour naissant. Pour la première fois de sa vie, elle éprouve un élan de tout son être envers un garçon.

— *Hokshenah, Chont'kin-yah ohtah*! « Je t'aime tant... »

Un murmure.

Le garçon se tourne dans sa direction. Elle sursaute. A-t-il entendu?

— Te voilà réveillée…

Elle hume l'air à petits coups délicats.

— *Chonhon peze*?

— Pas du sirop d'érable, mais de bouleau. Viens, *Wahcha des'denah*!

Elle se lève en riant. Elle aime qu'il l'appelle « Petite-Fleur ». C'est doux…

Ils mangent, se regardent d'une façon nouvelle, sans évoquer les planches à glisser. Mais Hokshenah sait à quoi s'en tenir. Il a vu le sourire éclatant de la jeune fille quand elle a rangé son présent dans le sac aux objets précieux, comme elle appelle le parfleche en peau d'élan qui contient ses trésors et ne la quitte pratiquement jamais. Le garçon se sent mieux. En acceptant son cadeau, Naha-Ichon pardonnait sûrement la chicane de la veille au sujet de la pipe.

Après le repas, la jeune fille prend place face à lui. Hokshenah installe le bébé sur ses genoux pour le faire manger. Devant la tente, Sintaypoh ronge la carcasse de cerf que le garçon a rapportée du bois. Naha-Ichon cherche à voir la main droite d'Hokshenah. Sciemment, il ne l'utilise pas, la tient sur le côté. Elle allonge le cou. Vivement, le garçon glisse le membre blessé sous le corps de l'enfant. Mais Naha-Ichon a eu le temps de l'entrevoir. Le bandage est rouge de sang.

Malheureux ami! Il a déjà tant souffert à cause de ses reproches de femme capricieuse. Elle aurait pu s'excuser d'avoir vu la pipe. Son attitude est impardonnable. Chacun est en droit de choisir ses guides spirituels à sa convenance, suivant ses besoins. La foi des autres ne peut être critiquée.

— Hokshenah, fais voir ta main!

— As-tu suivi l'enseignement d'un homme-médecine?

— Presque! Chez nous, je m'occupais des chevaux.

— Tu me rassures pleinement.

Il tend sa main mutilée.

À cet instant, le coyote pousse un cri strident et, en furie, se jette sur le traîneau sanglé pour le départ. Entre les patins avant, une boule de poils noirs s'agite avec des couinements plaintifs. Naha-Ichon croit reconnaître le rat qui courait sur la glace lorsqu'ils avaient traversé le lac gelé. Elle hausse les épaules. Celui-là ou un autre, tous les rats se ressemblent. Hokshenah encourage le coyote.

— *Ehyahyah, Yuzahpehdeh sintehsh'dah, Sintaypoh*!

— Non, laisse-le vivre! crie à son tour la jeune fille, prise par l'action.

Mais le rongeur bondit et disparaît dans les buissons, abandonnant l'adversaire à sa déconvenue.

— Fini de rire, Hokshenah. Tes mains!

Le jeune homme se résigne.

Naha-Ichon applique sur les plaies un mélange de fines lamelles d'écorces rouges et de pierre crayeuse réduite en pâte. Le garçon serre les dents. Une brûlure infernale lui fait trembler tout le bras. Ses yeux se révulsent à plusieurs reprises. Il se mord l'intérieur de la bouche afin de ne pas hurler. Naha-Ichon l'observe à la dérobée, admirative. Elle aimerait lui faire part de ses sentiments, opte pour le sarcasme.

— Tu retiens tes cris parce que pour toi, l'homme véritable doit dissimuler ses faiblesses, c'est ça? C'est pas plutôt de l'orgueil mal placé?

— Les guerriers...

— Tu penses réellement que les gens normaux admirent ceux qui font la guerre?

Hokshenah redresse la tête et prend une attitude comiquement hautaine.

— Un combattant audacieux, couvert de cicatrices, ça excite les filles.

— Ma famille a enterré six de ces audacieux crétins bardés de blessures! Je vois bien là ton ignorance totale du caractère féminin. Mettre un garçon au monde, c'est le cauchemar de toutes les mères. Un garçon, c'est le sang des futurs combats. Les filles préfèrent les hommes simples. Une fille aimera celui qui sera capable d'afficher sa peur sans honte, et de pleurer devant une chose jolie ou triste...

— Sottise!

Hokshenah pince les lèvres, exaspéré, un peu déçu aussi. Ayant toujours exercé un attrait certain sur les jeunes filles, il était persuadé que sa rudesse et sa force physique savaient seules capter leurs regards admiratifs. Depuis toujours, il avait donc cherché à les étonner par ses prouesses à cheval, son agilité à la lutte et autres affrontements. Afin de mieux s'imposer à leurs yeux, il attendait impatiemment l'âge d'accompagner ses aînés au combat. Se serait-il trompé? Hokshenah a une moue incrédule. Les filles sont bien compliquées!

La journée passe vite, ils ne vont pas loin. Le jeune garçon est fiévreux et Naha-Ichon l'oblige à prendre du repos.

Les jeunes gens se regardent en silence. Entre eux s'agitent les courtes flammes d'un feu défaillant. Le soir s'appesantit sur la montagne qui les enserre d'un décor protecteur, comme un cocon. Une lune pleine, sorte de soleil éteint, ajoute de courtes ombres aux arbres autour du campement. Dans les bras d'Hokshenah, la petite fille gazouille des mots qui ressemblent à *WaKan-TanKa, Keme-Menah, Chonhon-P'sha-Shanah*, «Grand-Esprit, papillon et bonbon». Le tout forme un discours étrange qui met un sourire attendri aux lèvres des jeunes gens.

Devant l'entrée, le coyote, repu par la carcasse du cervidé, mordille un morceau de bois mort.

— Si... si je contais l'Histoire dakota à la petite? commence Hokshenah, embarrassé.

— Une Blanche portant la parole de ton peuple? Ridicule! se récrie sa compagne.

— Aux yeux du Grand-Esprit... nous sommes tous frères!

Naha-Ichon lève les yeux au ciel.

— Elle finira par nous ressembler, Naha-Ichon. Notre Histoire ne peut pas disparaître.

— Moi... moi, je la conserverai, si tu le permets.

— L'enfant doit l'entendre aussi. Elle est ma... ma sœur adoptive.

— Garçon borné!

— Je parlerai à l'enfant. Rien, jamais, n'effacera notre grandeur passée.

— Regarde où ça nous mène! Nos peuples décimés, le bison disparu. Elle est jolie notre Histoire. On nous massacre comme des loups. Nous sommes devenus des mendiants sur nos propres terres...

— Nos terres! s'écrie Hokshenah. Nous ne possédons même plus la surface où est dressé ce tipi. Nous fuyons, pourchassés par...

Sa bouche demeure entrouverte sur la phrase inachevée. Depuis trois jours, il s'ingénie à dissimuler à sa compagne le danger qui les menace. Et voilà que par inadvertance, il se révèle. Naha-Ichon lui sourit, compréhensive.

— Ne sois pas fâché contre toi-même, Hokshenah... Je sais depuis le début. Trois ou quatre hommes. J'ai vu leurs traces en ramassant du bois. Avant-hier, ils cheminaient à moins de cinq cents pas. Des Crows, je pense. Heureusement que la tempête a enseveli nos traces et qu'elle disperse à présent l'odeur de notre feu.

— *Ikse wicasta, konhe ohyahteh...tohkah*! Tu as raison, ce sont les gens du pays des corbeaux.

Hokshenah respire plus librement. Naha-Ichon, consciente du proche danger qui les menace, se tiendra sur ses gardes. Leurs chances de s'en tirer augmentent d'autant. Le garçon quitte la tente, s'engage dans le bois. Le coyote le suit en jappant après *P'Shin-Cha*, un écureuil volant qui récupère des noix enfouies sous la neige. Le garçon doit prendre une importante décision au sujet de la chronique orale. Étonnamment, il y parvient sans peine. Il lui a suffi de ne penser qu'au récit, balayant les détails extérieurs qui ne pouvaient que fausser son jugement. Les hivers dakotas se composent d'instants remplis de noblesse. Il les contera donc, que l'oreille qui écoute soit blanche ne changera rien à ce qui fut. Il ne devait surtout pas négliger la possibilité que Naha-Ichon et lui soient tués au cours de cette aventure. Cette façon de penser est pour beaucoup dans sa nouvelle façon de considérer l'enfant. Il est impensable de laisser se perdre l'Histoire à cause d'un entêtement ridicule.

Hokshenah retourne dans le tipi, enlève la fillette de son berceau et s'assied devant le foyer avec elle. Naha-Ichon pâlit, lèvres tremblantes de rage.

Elle aimerait empoigner l'enfant et la jeter dehors. Elle quitte la tente, grommelant dans sa langue des mots violents. Hokshenah ne tente pas de la retenir. Il se sait impuissant. Naha-Ichon juge durement chaque évènement de son existence en fonction du mal qui la torture.

Dès que la jeune fille est dehors, Hokshenah, l'air grave et recueilli, plonge son regard dans celui de l'enfant.

— Petite sœur adoptive, voici le Compte des hivers dakotas. Je sais que tu ne me comprends pas encore, mais au fil du temps, tu t'habitueras à la sonorité des mots, des faits, sombres ou glorieux, qui enrichissent notre passé.

Hokshenah sait qu'il lui faudra inlassablement répéter le Compte des hivers, jusqu'à ce que Chont'kin-yah en ait l'âme imprégnée, le connaissant mot à mot, ainsi qu'il l'avait appris lui-même.

— Loin dans le passé, la Nation dakota, c'est à dire le Peuple-Amical, vivait dans la région de *Haha wokpah*, que les Algonquins nommèrent *Missi-Sipi*, «Grande-Rivière». Il y avait plusieurs grandes tribus à *M'ne Sohdah,* qui deviendra Minnesota pour les Anglais. On trouvait aussi les Dakotas dans la plaine de *Wishkonsing,* le «trou du rat musqué», un mot chippewa transformé en Wisconsin, cette fois par les Français. Il y avait aussi des Dakotas près du domaine *Hiyohwah*, le «peuple qui bâille», devenu l'Iowa. Les Dakotas étaient un peuple paisible de vingt-cinq mille âmes. Fermiers et chasseurs vivaient dans la forêt, dans des villages de bois ou de terre. Ils cultivaient le riz, le haricot, le tournesol, la courge, le maïs, le *Chonday* pour leurs pipes...

— Sans oublier le sirop d'érable...

Naha-Ichon vient de l'interrompre. Elle écoutait donc dehors depuis le début. La joie transfigure Hokshenah. La jeune fille passe la tête par l'ouverture. Il lui tend la main, elle la prend, entre, s'assied près de lui sans retirer la main de la sienne. Hokshenah poursuit l'histoire, la voix vibrante d'émotion.

— Sans oublier le sucre d'arbre, tu as raison. Vers 1750, tout change. Sous la pression de leurs ennemis *Haha-Tonwon*, le « peuple près de la chute d'eau », qui s'appelaient eux-mêmes *Anishinabe*, et que l'on connaît aussi sous les dénominations de Chippewa ou Ojibwas, à qui les Français venaient de fournir des armes à feu, les Dakotas, ces fermiers des bois, se retrouvèrent du jour au lendemain à cheval, chassant le bison à travers les plaines. Ils devinrent rapidement de remarquables cavaliers, un peu moins bons toutefois que les Cheyennes, maîtres incontestés de l'équitation de guerre. À l'aide de leurs fusils à poudre noire, les Chippewas repoussèrent les Cheyennes au-delà du Mississipi... Au début, la migration fut éprouvante. Imagine ces paisibles sédentaires devenus nomades par obligation. Sur ces vastes étendues, sans aucun point de

repère pour s'orienter. Les étrangers disaient:
«On perd la raison à parcourir ces plaines
mortes, au point qu'après des semaines de
marche, on se demande encore si on a fait un
seul pas. »

Nourri de légumes et de fruits depuis mille
générations, le peuple fut obligé de suivre le sillage
des migrations de *Soonkah Tahtonkahcha*, «Le Petit-
Frère-Bison». La disparition de Tahtonkahcha,
éliminé par les Blancs en guise de divertissement,
marqua le déclin de tous les peuples de la plaine.

À ce point du récit, Hokshenah doit contenir
ses larmes afin de poursuivre.

— Durant son errance, le Dakota apprit
à fabriquer le tipi. Il était plus raisonnable
d'ériger une tente près du gibier abattu plutôt
que de transporter l'énorme bête jusqu'à une
cabane bâtie dans la forêt. Au printemps, après
la grande chasse, on voyait ainsi les habitations
coniques de tout un village disséminées d'un
horizon à l'autre. C'est hélas le moment dont
profitèrent parfois les ennemis pour mener leurs
plus meurtrières attaques.

Dans le but d'éviter la confusion et que
les chasseurs ne revendiquent le même gibier,
une habitude fut prise par chacun de marquer
distinctivement ses flèches aux couleurs de ses
fétiches. Tu dois garder en mémoire que les
cavaliers étaient nombreux, galopant et tirant
sans discontinuer au milieu du troupeau fuyant

droit devant lui. Le compte des bêtes abattues se faisait au coucher du soleil. Quant aux animaux blessés par plusieurs personnes, ce qui arrivait assez souvent, ils étaient partagés entre tous.

Après trente ans de ce vagabondage, la grande marche des Dakotas se termina à *Paha-Sapah*. Ton Peuple, Naha-Ichon, côtoie le mien depuis toujours. Ensemble, ils ont connu l'anéantissement. Infortunées Nations! Ce récit m'épuise, il me fait si mal!

Sans un autre mot, le jeune garçon installe le bébé dans son nid de fourrures et lui donne à sucer un morceau de gras attaché à une rondelle d'os de façon qu'elle ne puisse s'étouffer avec sa friandise. Il jette ensuite quelques branches sur le feu et redresse le coupe-vent de branchages tombé sous la patte de Sintaypoh à la poursuite du rat, puis il se couche, l'âme en détresse.

En vérité, conter l'Histoire des peuples qui n'existent pratiquement plus s'avère autrement plus difficile qu'il ne l'avait présumé.

Pendant ce temps, l'adolescente fait chauffer de l'eau, attendant que son compagnon s'endorme pour procéder à ses ablutions. Au moment de se dévêtir, elle se remémore avec une certaine gêne, la toilette d'Hokshenah. Son cœur prend alors un rythme plus rapide. Elle ose même imaginer le garçon, *Tonchonnah*, dévêtu, devant sa propre nudité...

Naha-Ichon se lave rapidement, craignant qu'Hokshenah ne se réveille et la voie, puis elle se drape dans une ample robe en peau de chevreuil.

Venue de l'ouest, une incroyable tempête se déchaîne. La neige tombe à gros flocons qui se bousculent entre ciel et terre en longues rafales sinueuses. Le bivouac n'est bientôt plus qu'un monticule blanc étroitement intégré au décor, noyé dans son silence. Les jeunes gens s'endorment avec un mot identique sur les lèvres : *Chont'kin-yah*. Le nom d'une enfant, certes, mais aussi celui de « l'amour ».

Chont'kin-yah.

Au centre du tipi, le feu crépite avec des jaillissements mordorés. Près d'Hokshenah, le coyote s'agite. Une main pesante sur sa nuque vient l'apaiser.

— Tout doux... Je sais !

Hokshenah se lève prestement, enfile un parka en fourrure d'ours. Au poing, l'arc de son père ; glissées dans sa ceinture, une dizaine de flèches. Il passe ensuite un lien de cuir au cou du coyote et l'attache à un piquet.

— Le chien sauvage, tu restes ici !

Comme s'il comprenait les paroles de l'homme, Sintaypoh creuse un trou dans la neige devant la tente, s'y laisse tomber et se met en boule. Hokshenah disparaît dans le bois. La minute est grave.

Prenant une piste de loups qui chemine à proximité du campement, l'adolescent s'installe sur une solide branche de pin à dix pieds du sol. Son angle de vue, très ouvert, englobe les environs immédiats du tipi et le passage le plus praticable y conduisant. Si, de ce poste d'observation, il lui sera malaisé d'utiliser son arc ; au moins, il pourra surprendre quiconque tenterait de s'approcher du bivouac. Hokshenah a envisagé plusieurs possibilités d'attaque, repéré des chemins de progression, des endroits où se dissimuler, se battre, par où s'échapper afin de contourner les agresseurs. La tempête ne lui donnera qu'un avantage momentané, il ne l'ignore pas. Si les combattants sont aguerris, l'effet de surprise durera peu ; passé un court délai, l'attaque ennemie ne se fera pas attendre.

Malgré l'inconfort de sa position et la nécessité de veiller, la fatigue se montre la plus forte. Hokshenah s'endort. Heureusement pour lui, Sintaypoh a désobéi. Débarrassé de son entrave d'un coup de dents, le voilà couché au pied de l'arbre. Au milieu de la nuit, il pousse un grognement féroce.

Aussitôt alerté, Hokshenah perçoit les voix rauques d'une troupe en marche, assourdies par la neige tourbillonnante. Les sons rebondissent en tous sens sur l'écran mouvant des bourrasques. Déroutant phénomène qui persuaderait facilement l'adolescent que l'ennemi se présente de tous côtés et encercle son perchoir. Étrangeté acoustique sur laquelle il n'a pas le temps de s'attarder. Les guerriers crows surgissent d'un seul coup de la forêt, silhouettes sombres glissant furtivement sur le décor blafard de la tempête, telle la manifestation diabolique de quelque légende oubliée. De surprise, Hokshenah manque de lâcher son arme. Ils sont trois qui passent à dix longueurs de bras de sa cachette. Le jeune garçon est oppressé, sa gorge se serre d'une angoisse vite transformée en épouvante dès qu'il aperçoit les carabines. Ces hommes de plus sont adultes, guerriers accomplis. Lui, avec ses 17 ans, inexpérimenté, se dresserait face à de tels combattants?

Les Crows le dépassent. Dans ses différents scénarios, Hokshenah n'avait pas prévu leur passage si près de son arbre, ni surtout qu'ils arriveraient de cette direction. Grâce à l'Esprit de toutes choses, il se trouve à présent derrière eux. Un atout magistral dont il ne peut que se réjouir. L'effet de surprise se montre toujours valable. Dès que les Crows ont disparu au cœur de la tourmente, Hokshenah quitte son perchoir d'un bond souple et s'élance à longues enjambées dans leur sillage. Mais les trois guerriers avaient ralenti l'allure en percevant l'odeur du foyer. Hokshenah faillit heurter l'homme cheminant en queue de colonne. L'adolescent laisse alors instinctivement agir ses prodigieux réflexes. Sa flèche part à l'instant où le Crow se retourne. Suit un léger bruit d'impact, un soupir d'agonie. Hokshenah dépasse le blessé avant que le malheureux ne touche le sol. L'adolescent n'a pas un regard dans sa direction. L'encoche d'une seconde flèche chevauche déjà la corde en nerf de cerf de l'arc court. Devant le jeune homme marche un colosse à l'allure décidée. L'adolescent vise avec soin ce dos large, puissant, pareil à celui de l'ours brun. Déjà, la cible s'estompe dans l'air tumultueux. Hokshenah tire au jugé. Un gémissement étouffé lui indique le succès de son action. Hokshenah arrive à l'emplacement où est tombé son adversaire. L'homme lui tend une main implorante. Avant toute autre considération, Hokshenah protège les siens. Il serait ridicule de s'apitoyer sur le sort de celui qui n'aurait pas hésité à l'égorger si l'occasion lui en avait été donnée.

À quelques pas se dessine la forme vague du dernier ennemi. Le jeune homme ajuste sa flèche. Sans se retourner, le Crow lance une phrase gutturale dont Hokshenah ne saisit pas le sens. Une question, sans doute. N'obtenant pas de réponse, l'homme fait volte-face, déjà prêt au corps à corps. Tout dans son attitude farouche désigne en lui le combattant aguerri. Hokshenah en perd un peu de sa concentration. Il tire sans viser. La réaction du Crow est foudroyante. Un saut vif le jette de côté alors que sa main se referme sur la flèche. Une rapidité impensable. Hokshenah n'a vu que la fin du geste. Déjà, l'homme bondit sur son jeune adversaire, coutelas brandi. Anticipant l'action du Crow, l'adolescent dévie l'arme sans peine. Étroitement enlacés, les deux hommes roulent au sol. Malgré son jeune âge, Hokshenah est d'une force colossale, louangée par les habitants de son village ; les Cheyennes vivant dans la vallée l'avaient surnommé Jeune-Ours. Mais sa main mutilée le handicape. Le Crow prend rapidement l'avantage de l'affrontement. Hokshenah parvient à repousser l'arme menaçante, mais elle lui échappe, glisse sur son bras. Il ressent une douleur fulgurante dans le haut de sa poitrine.

Il est blessé !

Son épaule droite ne réagit plus, engourdie, toutes forces annihilées. Le Crow, à califourchon sur le corps de l'adolescent, prépare sans hâte sa seconde attaque, ne doutant plus de sa victoire. Une image s'impose à l'esprit d'Hokshenah : Naha-Ichon fuyant avec le bébé au milieu des montagnes glacées. Sans lui, que deviendront-elles ? Il n'a pas la force de crier, ni celle de résister à son adversaire. Son énergie le quitte au rythme du sang qui s'écoule de sa profonde blessure. La réalité le submerge. Il va mourir. Le Crow brandit son couteau. Hokshenah ne ferme pas les yeux. Bien que la mort l'effraie, il veut jusqu'au bout regarder la vie...

À travers les brumes de l'inconscience où s'égare déjà son esprit, Hokshenah a l'impression d'entendre l'aboiement aigu du petit coyote. Tout à coup, les yeux de son adversaire s'agrandissent démesurément, les traits de son visage se déforment sous l'effet d'une douleur incompréhensible. Un flot de sang envahit sa bouche, ses yeux se révulsent. Lentement, l'homme s'affaisse sur le corps de l'adolescent.

Et là, dans l'espace que le Crow occupait au-dessus de lui un instant plus tôt, se découpe la silhouette menue de Naha-Ichon. Dans sa main, la courte lance à pointe d'os qu'utilisent avec tant de dextérité les guerriers cheyennes en combat rapproché. L'atavisme de la jeune fille s'exprimait ici sans le moindre doute. Tremblante de tous ses membres, Naha-Ichon l'aide à se relever.

— *Weenyonpeh, whapeh-otah wotokpeh ohwon-yonkeh, washteh*. Tu... tu m'as sauvé la vie ! murmure Hokshenah, luttant contre la nausée.

Naha-Ichon reste sans voix. Son compagnon l'appelle « femme sage et sans peur, femme magnifique », elle, l'orpheline, effrayée par la vie, par l'avenir.

— Je ne peux accepter que l'on te fasse du mal, j'ai besoin de toi, ne sait-elle que lui répondre en refoulant ses larmes.

Le jeune garçon l'attire contre lui, embrasse doucement ses cheveux. Elle l'enlace avec force, ne sachant pas qu'il est blessé. Il serre les dents sur sa douleur. Le plaisir de ce contact, dont il rêve depuis si longtemps, lui fait un peu oublier son épreuve. Dans les bras de Naha-Ichon, il se sent bien, tellement vulnérable. Alors...

— *Hinah… Ahteh…* Mère, Père, murmure-t-il d'une voix brisée par l'émotion. Pour la première fois depuis la tragédie, Hokshenah ressent le besoin de pleurer ses parents disparus.

La jeune fille effleure son front de ses lèvres tièdes.

— Nous n'avons plus le choix, il faut fuir, tout de suite!

Hokshenah fait un signe négatif de la tête.

— Le temps que leurs compagnons s'inquiètent de leur absence et envoient un autre groupe nous laisse au moins douze heures de répit. Reposons-nous un peu. Nous partirons demain matin…

Ils retournent au tipi.

Naha-Ichon allume au centre de la tente un feu de bois sans fumée, du mélèze, puis elle dénude la poitrine d'Hokshenah. Afin de nettoyer la plaie en profondeur, elle la débride de la pointe de son couteau d'os. Ces diverses opérations achevées, elle s'apprête à y introduire une mixture noire mais Hokshenah la repousse d'un cri.

— *Wahon-Shedah*! Pitié, juste les herbes!

Elle rit.

— *De S'denah Ponpon-nah*!

Ça alors! Lui, un petit douillet.

— Et d'abord, c'est quoi ton remède miracle?

Elle rit, ses grands yeux pétillant de malice.

— De la poudre à fusil.

Naha-Ichon veille son compagnon le reste de la nuit, l'obligeant à boire des tisanes brûlantes et le couvrant de toutes les fourrures de leur bagage. La situation est pour Hokshenah inconfortable au possible. Il transpire ainsi que la jeune fille le souhaite ; à peine s'il peut respirer.

— Tais-toi et bois ! renvoie-t-elle, sévère, à ses moindres récriminations.

En fin de journée, Hokshenah demeure faible, mais grâce aux soins énergiques que lui prodigue sa jeune compagne, l'infection n'est plus à craindre. *WaKon checha etonchon*, « le Maître des ténèbres », celui qui commande à la maladie, s'avoue vaincu.

Au matin, la jeune fille ramollit une poignée de terre noire qu'elle récupère entre les racines du pin soutenant une partie de la tente, l'incorpore à une plaque de mousse et en fait un emplâtre solidement bandé sur la blessure. *Ehnah manko-hchay*, « Petite-Mère-la-Terre », contient toutes les médecines utiles à la vie.

Pour rejoindre le canyon menant à une plaine s'étalant au nord, Naha-Ichon et Hokshenah doivent contourner le bois. Ils passeront ainsi sur les lieux de leur combat. Hokshenah en profitera pour récupérer les carabines et leurs précieuses munitions.

Afin de gagner du temps, ils traversent le boisé. Après quelques minutes de route, ils sont stupéfiés de ne pas trouver la moindre trace de l'échauffourée. Retourner en arrière est impératif, insiste la jeune fille. Dans leur situation, des carabines signifient rien de moins que leur survie. Ils seraient capables de mieux se défendre, mais aussi de chasser. Le garçon s'y oppose. Ils ont déjà perdu trop de temps, donne-t-il à son amie comme unique argument. Mais...

— Je t'échangerai contre une arme dès qu'on rencontrera un poste de traite.

La plaisanterie tombe à plat. Naha-Ichon se met à sangloter. Il faut à Hokshenah une longue explication et une attitude très humble afin de se faire pardonner son « indélicatesse ».

La raison véritable du refus d'Hokshenah de retourner sur leurs pas est tout autre et assurément angoissante. Hokshenah ne veut tout simplement pas effrayer son amie. Ils sont bel et bien passés sur les lieux de l'affrontement. Il a reconnu l'endroit, relevé d'un coup d'œil des traces de sang au pied du bouleau déraciné où est tombé le premier Crow. Le reste de la bande est déjà là, sept ou huit hommes environ. Ils avaient bravé l'infernale tempête pour ramasser leurs morts, récupérer les précieuses carabines. Des gens efficaces! La partie sera difficile. Dans son état de faiblesse, le jeune homme est quasiment sans défense. Les ennemis se trouvent donc dans les environs immédiats, attendant l'instant favorable. Ils peuvent frapper à tout moment. L'unique avantage de Hokshenah réside dans le fait que les Crows ne savent pas qu'il a été blessé. Ayant retrouvé trois de leurs hommes sans vie, ils se méfieront, sachant avoir à faire à forte partie. Ils approcheront les fuyards avec une prudence accrue. Naha-Ichon se laisse facilement convaincre, trop peut-être. L'adolescent commence à bien connaître les réactions de sa compagne et ses pensées non exprimées.

— En route !

Hokshenah se penche sur le traîneau où se prélasse Sintaypoh couché sur les pieds du bébé. Le jeune homme tapote amicalement le crâne du jeune animal.

— *De-S'de-Nah Koo-Zah*. Petit paresseux !

Puis il remonte la couverture sur le nez de l'enfant et part d'un bon pas en tirant sa charge sur la neige craquante.

— Tu vas brûler toutes tes forces en deux heures à te hâter ainsi.

— Un voyage de cent quatre-vingt-dix soleils nous attend, ma belle, faut pas traîner.

Hokshenah ne ralentit pas son allure. Il n'ose pas avouer à la jeune fille ce que leur situation peut avoir de désespérée. Son silence vaut pourtant toutes les explications. Naha-Ichon devine sans peine. Sa grande sensibilité lui donne un net avantage sur le garçon. Elle est ainsi capable d'anticiper les événements à partir de détails qui ont pu échapper à son compagnon. À son tour, elle force le pas.

Vers le milieu de la journée, la tempête les cerne de toutes parts. Ils ne voient même pas le bout de leur bras tendu. Force leur est de bivouaquer sur place. Mais dresser la tente s'avère irréalisable. Un vent colossal rabat la toile au sol et l'y maintient malgré leurs efforts conjugués pour la dresser sur ses piquets. Après dix tentatives infructueuses, à bout de nerfs et de force, ils renoncent, passant d'interminables heures assis sur le traîneau, la peau du tipi déployée au-dessus de leur tête. Ce n'est qu'au crépuscule qu'ils réussissent à la tendre sur les sept poteaux de l'armature. Transis après cette journée difficile, ils peuvent enfin allumer un feu à l'intérieur. Hokshenah ne néglige pas d'ouvrir les oreilles à fumée au sommet du tipi et de garder la porte entrouverte afin d'assurer une bonne ventilation. Réchauffés, mais toujours aussi éreintés, les jeunes gens doivent néanmoins assumer chacun leurs tâches quotidiennes : préparer le repas, s'occuper de l'enfant, sécher leurs vêtements, se changer, et surtout, organiser la garde à l'extérieur, décision prise en commun à la suite des derniers évènements.

Puis viennent les ténèbres.

Dressée à la hâte, les piquets simplement enfoncés dans la neige molle, la tente se renverse plusieurs fois au cours de la nuit, les obligeant à sortir et, dans le noir, à remonter la toile qui risque de prendre feu lorsqu'elle s'abat au milieu des flammes. Les adolescents luttent côte à côte, animés par le même farouche désir de vaincre les éléments ; autant de gestes accomplis en un même élan de courage opiniâtre ; autant de tourments partagés qui, sans qu'ils en soient vraiment conscients, créent entre eux des liens indestructibles. Des souffrances communes accumulées depuis leur départ et qui deviendront probablement un jour leurs plus chers souvenirs.

Et c'est là, au cœur de la tempête, durant ces heures d'immobilité forcée, que Hokshenah poursuit le Compte des hivers dakotas. Naha-Ichon, cette fois, demeure près de lui depuis le début. Elle prend l'Enfant-Amour sur ses genoux, calle son dos sur quelques coussins en crins de cheval et allonge ses jambes près du feu. Hokshenah peut commencer :

— Une plaine sans fin entre le Mississipi à l'est, les Montagnes Rocheuses à l'ouest et le Texas au sud. Sans un repère pour se guider. Mais les Dakotas avaient trouvé le moyen de progresser en ligne droite à coup sûr. Ils attendaient l'apparition de *Mushteh*, « le soleil levant ». Le responsable de la migration tournait alors le dos au soleil, il tirait une flèche devant lui, en direction de l'ouest. Il répétait son geste tout au long de la journée. Les chasseurs utilisaient la même méthode pour s'éloigner du bivouac et en revenir.

— Et les jours sans *Mushteh* ?

— La tribu ne bougeait pas et les hommes qui s'étaient éloignés, hors de vue du village, campaient sur place. Les Dakotas ne tardèrent pas à lire le sol grâce aux migrations des bisons.

En effet, les troupeaux qui sillonnaient le pays leur fournissaient les principaux points de repère, toujours dans la direction nord-sud!

— Comment cela

— De loin, leurs excréments formaient des pistes brunes. Ces bouses séchées servaient aussi de combustible. Les envahisseurs l'appelaient *le charbon des plaines* et...

— Et si on oubliait un peu les Blancs?

— Ils font hélas partie intégrante de notre Histoire... Des plaines parcourues par une chaleur intenable l'été avec, l'hiver venu, des blizzards indomptables. Le ciel étalait un horizon bleu d'un bout à l'autre, et tout à coup, en quelques minutes, se déchaînait la plus effroyable tempête de neige qui soit. La température pouvait chuter de vingt degrés en moins d'une heure. On a vu des gens aller nourrir leurs bêtes dans une grange située à vingt mètres de là, se perdre au retour, et mourir gelés à six pas de chez eux. À présent, au lit. La progression demain sera difficile avec cette épaisseur de neige. Nous devrons marcher en raquettes. Une fatigue supplémentaire.

Naha-Ichon jette une plaquette de viande séchée au coyote et s'enroule dans une fourrure. Hokshenah ajoute une brassée de bois sur le feu et vérifie l'installation du bébé avant de sortir pour le premier tour de garde dans un arbre bien fourni en branches, repéré en arrivant. La jeune fille le rappelle sur le pas de la porte.

— Merci Hokshenah ! L'histoire de ton peuple est belle.

— Sans ton courage, je ne serais plus là pour la raconter. Aussi longtemps que tu vivras, quels que soient tes besoins, je serai là pour toi, toujours...

La jeune fille a soudain de la peine à respirer.

— Dors bien, petite chérie !

Hokshenah s'engonce dans ses fourrures et s'apprête à franchir la porte. À ce moment-là, Sintaypoh se glisse en criant entre les patins du traîneau où il demeure coincé.

— Que fabrique ce gros fou ? s'étonne le jeune garçon.

— Sais-tu ce que j'ai trouvé dans le petit coffre à l'avant du traîneau ? Un nid de rat. Notre voyageur clandestin se faufile dedans par les planches disjointes. Il s'y cache depuis notre départ.

L'adolescent rit, sort, referme la porte. La jeune fille s'endort. Sur ses lèvres flottent un sourire de plaisir et un début de phrase qui vante les mérites d'un garçon dakota.

La tempête dure deux jours, sans trêve. Les deux compagnons sont bloqués sur place. Le vent gonflé de neige lance de formidables bourrasques. La température descend encore, des arbres centenaires éclatent comme de simples arbrisseaux, les parois rocheuses des canyons se fendent... Un froid à geler les entrailles d'un loup ! reconnaît l'adolescent. Les jeunes gens savent néanmoins tirer profit au maximum de ce repos forcé. Naha-Ichon s'occupe si parfaitement d'Hokshenah que sa blessure, recousue au crin de cheval, se referme sans infection. Un résultat dans lequel son mélange de terre noire et de mousse compte pour beaucoup. Elle l'affirme :

— *We choshtah washah-tah* ! Petit-Frère Hokshenah est un homme fort.

— Ris bien de moi, méchante fille !

— Moi ? Oser une... Oh, j'y pense...

Fouillant d'un air innocent dans son « petit sac aux choses précieuses », Naha-Ichon en extrait un objet de bois qu'elle tend au garçon d'un geste rendu involontairement brusque à cause de son embarras. Le visage d'Hokshenah se transforme aussitôt. Ses yeux s'animent, s'agrandissent, débordent d'un plaisir intense. Dans le creux de la main tendue se trouve une pipe en cèdre, représentant une tête de coyote finement ouvragée.

— J'ai vu que tu n'avais plus la tienne, dit-elle simplement.

Le jeune garçon ne réplique pas, en est incapable, n'éprouve d'ailleurs aucun besoin de parler. Certains gestes, certains regards se passent de phrases.

Ils se sont remis en route bien avant l'aube. Hokshenah est encore un peu faible, la jeune fille insiste pour se charger du traîneau. Ils traversent à présent une rivière gelée sur toute sa profondeur. Alentour, le soleil met des éclats d'argent sur les arbres caparaçonnés de glace. La température s'est radoucie. La neige qui volette sur le paysage semble immobile, comme figée par un arrêt du temps. Les flocons se maintiennent parfois en équilibre dans l'espace sous l'effet d'un vent léger. L'étrange phénomène est pour les voyageurs d'une cruciale importance. Il leur permet de distinguer clairement, loin devant eux, la lisière d'un petit bois d'épinettes.

— Demi-tour, Naha-Ichon, s'écrie Hokshenah, entre les arbres, des...!

— ...ne sont peut-être pas des Crows.

— Aucune envie de m'en assurer, filons!

Dès qu'ils ont rebroussé chemin, une silhouette sort du bois, déchausse ses petites raquettes rondes et se lance sur la rivière à longues foulées souples; plusieurs hommes le suivent à cent mètres. Tous portent de minces raquettes iroquoises, longues de six pieds, qui leur permettent aussi de glisser sur la neige. Par contre, sur une surface de glace, elles représentent plutôt un désavantage. Les jeunes gens reconnaissent sans peine les tenues de peaux de leurs ennemis; ce sont des Crows, ainsi qu'il fallait s'y attendre.

Les deux compagnons réalisent vite que leur fuite est devenue impossible. S'ils désirent conserver la moindre chance de s'en sortir, ils doivent courir. Mais avec ce bagage pesant lourdement aux épaules de la jeune fille, c'est hors de question. Leurs poursuivants se rapprochent rapidement. Celui de tête, nettement plus grand et plus large d'épaules que le reste de la bande, est très détaché des autres. Il ne se trouve plus qu'à trois cents mètres environ des adolescents.

Hokshenah décide d'abandonner l'encombrant traîneau. Il en informe sa compagne. Elle refuse. C'est là tout leur avoir. Hokshenah n'a d'autre alternative que de tirer avec elle, serrant fortement les dents sur la douleur que lui cause ce soudain effort. Ils parviennent ainsi à accélérer l'allure, à gagner une cinquantaine de mètres sur le meneur des Crows. La distance entre eux et leurs adversaires se maintient durant la traversée de la rivière. Il leur reste une petite chance.

Naha-Ichon se retourne.

— *Shoonkah Winyonked*!

Hokshenah ne peut cacher son amusement à cette grossièreté. Sa compagne appelle les Crows « chiens efféminés ». Une insulte assurément injustifiée, car si les Crows, alliés des Blancs et ennemis de toujours de la Nation dakota, possèdent quelques détestables traits de caractère, ils sont néanmoins de courageux combattants.

À son tour, Hokshenah jette un regard par-dessus son épaule. La conduite du grand guerrier a de quoi l'intriguer. Celui-ci lance de temps à autre un bref regard vers ses compagnons, semblant déployer ensuite une énergie nouvelle s'ils se sont le moindrement rapprochés de lui. Naha-Ichon constate les faits avec un semblable étonnement. Pour les jeunes gens, la lumière ne tarde pas à se faire. Cette attitude a toutes les apparences d'une fuite. Il devient même évident que ces hommes n'ont rien en commun avec les attaquants de leur bivouac. Ils sont sur les traces de l'homme qui court en avant, probablement un voleur, à moins qu'il n'ait été impliqué dans une banale histoire d'adultère. Les jeunes gens se détendent un peu, sans pour cela relâcher leurs efforts. Hokshenah émet une moquerie en voyant le grand guerrier glisser et s'étaler de tout son long. Rire qui se change aussitôt en incrédulité : l'homme affalé sur la glace bleutée a une flèche plantée dans le dos. Le jeune garçon aperçoit alors un Crow arrêté, son arc à bout de bras, la corde encore vibrante. Ayant aussi assisté à la scène, Naha-Ichon tire son compagnon par la manche.

— Vite, profitons-en...

Hokshenah hésite, stupéfait par la tournure que prennent les événements. De fait, la victime se relève et reprend sa course. L'homme est assurément d'une vigueur exceptionnelle.

Naha-Ichon s'affole.

— On ne peut rien faire, viens Hokshi !

Hokshenah se remet en route, quand, de la rivière une voix s'élève, implorante.

— *Kohdah... Oh keyah! Ehcha-h'dah...* Ami, au secours!

Le dialecte dakota!

Hokshenah fait volte-face. Un homme de son peuple se trouve en danger. Il ne se dérobera pas comme il a été contraint de le faire à Wounded Knee.

Il s'arrête, prêt à se rendre vers le blessé.

Naha-Ichon s'interpose.

— Tu seras tué! Si l'homme de ton peuple parvient à l'orée du bois, on aura plus de chance de l'aider. Dis-le-lui.

Hokshenah s'adresse au guerrier qui doit se trouver à cinq cents longueurs de bras.

— *Soon-Kah... Duzon-hon...* La forêt, mon frère.

Hokshenah et sa compagne mettent toute leur énergie dans la fuite. Ils atteignent l'orée du bois à bout de force. Se battre demeure leur unique espoir, bien faible en vérité. Les Crows sont sept. *Shakowin.* Le chiffre sacré. Ironie. Sans perdre un instant, chacun empoigne un arc et des flèches sur le traîneau et s'installe derrière une formation rocheuse de la rive.

Le Dakota blessé n'en peut plus, pour lui, c'est la fin. Malgré un effort démesuré, il s'écroule à cinquante mètres de la rive et demeure inerte, face dans la neige légère amoncelée sur la glace.

Le jeune homme pense et réagit comme un vieux guerrier rompu à toutes les finesses des stratégies guerrières. Il juge la situation d'un seul regard. Naha-Ichon et lui doivent tirer dès que les Crows se trouveront à proximité du blessé, ce qui laissera aux jeunes gens amplement le temps d'envoyer au moins deux flèches avant que les survivants ne fondent sur eux. Si tous les coups portent, il ne restera que trois Crows! Trois guerriers adultes contre un adolescent fourbu et une jeune fille de seize ans. Hokshenah prend une décision dramatique.

— Naha-Ichon, file avec la petite.

— Sans toi? Jamais!

— Stupidité! On risque d'y laisser la vie.

Naha-Ichon se trouble, veut répliquer. Le jeune garçon la saisit aux épaules, la secoue sans ménagement.

— Pauvre sotte! lui jette-t-il d'un ton dur. Croyais-tu que j'allais m'encombrer jusqu'au Canada d'une pisseuse de ton âge? *He-YahYah! Weenyonpeh Tahwah-chintahtah!* Va-t'en donc, femelle stupide!

— Tu penses pas ce que tu dis... notre voyage... le Compte des hivers... nous…

— Sortis de ce canyon, je t'aurais laissée sans remords au coin du bois. Va! Emmène le traîneau et ton sale fourbi, oublie pas ce coyote galeux... Fichez le camp!

Naha-Ichon a le cœur chaviré. Pour la seconde fois, elle perd tout ce qui la rattache à la vie. Avec Hokshenah, la rupture lui semble pourtant plus douloureuse encore. Il représentait sa seconde famille, l'espoir. Jamais auparavant elle n'avait éprouvé une telle attirance envers un garçon. Et soudain, après sa tendresse, cette haine. Quel désespoir l'envahit !

La jeune fille attache solidement le bébé sur le traîneau, passe les courroies à ses épaules et part sans se retourner. Ce départ lui fait si mal…

Chapitre 4

Hokshenah se dissimule derrière un énorme rocher. Il ne regarde pas son amie s'en aller. Il n'en a pas la force.

— *Inyontah heyeh chaycha, tahteh…kohla*! Cours comme le vent, douce amie, murmure-t-il, un sanglot dans la gorge. Pour elle, il luttera jusqu'au bout de ses forces, de sa vie, espérant qu'un jour elle comprenne et sache lui pardonner les mots terribles qu'il vient d'employer.

Les Crows se rapprochent rapidement du Dakota immobile sur la glace. Ils parlent haut, à grand renfort de gestes.

Un Crow lève la crosse de sa carabine afin d'achever le blessé. *Waha pakezah*! «Attaque»! Hokshenah redresse la tête, place son arc à l'horizontale sur le parapet de rochers qui le dissimule et tire. Un bruit infime, simple vibration du nerf de chevreuil. Au loin, l'homme n'achève pas son geste. La flèche lui traverse la gorge. Il n'a pas touché le sol que déjà part le deuxième projectile d'Hokshenah.

À peine décoché, un troisième tir est en route avec une semblable précision. Hokshenah rit de fierté. *Zooyah wechochtah*. Il est devenu guerrier! Le jeune garçon a une pensée émue envers son père, *Chonteh wahdee dahke*, « Cœur courageux », qui lui avait appris le maniement de l'arc. Hokshenah participe à son second combat. Il fait merveille. Aujourd'hui, Hokshenah est capable d'envoyer neuf flèches vers le ciel avant que la première ne soit retombée. Son père pouvait tirer quatre flèches pendant que le Wasichu rechargeait une seule fois son fusil à poudre noire. La fantastique rapidité d'Hokshenah crée la panique parmi les Crows. Trois de leurs guerriers viennent de rejoindre leurs ancêtres sans avoir même compris ce qui leur arrivait.

Et retentit le cri de guerre dakota, vibrant de la gloire cueillie au cours de cent batailles. *Hoka-Hey-Yah*!

Hoka-Hey...! Comme avant, à l'heure où chevauchaient les grands guerriers. Les Crows, comme à leur habitude, y répondent par des insultes. Se désintéressant du blessé, ils traversent rapidement la rivière en longues glissades souvent grotesques. Ils pénètrent dans le sous-bois où Hokshenah se tient en embuscade, tirant au hasard dans les fourrés, les boqueteaux. Hokshenah laisse échapper un soupir de contentement. *Tohkah*, «l'ennemi», ignore où il se trouve. Hokshenah conserve donc un léger avantage qui lui permettra sûrement d'en abattre un ou deux autres avant d'être pris. Redoublant de précautions, le jeune homme rampe vers l'intérieur du boisé. Puis, assuré d'être hors de vue des Crows, il se lève et contourne la position ennemie. Une tâche facile qui le place dans leur dos, position idéale pour une attaque surprise. Devant le garçon, un guerrier isolé se déplace sans précaution. Une flèche vivement pointée, un tir ajusté avec calme et précision, et l'homme s'écroule. Hélas, il a crié. Le reste des Crows accourt sans souci du bruit généré par ce déplacement précipité. Leur camarade se tient à genoux ; la flèche enfoncée sous l'omoplate ressort au milieu de la poitrine. Il est perdu. Ses camarades en sont conscients et ne cherchent pas à lui venir en aide ; débusquer le tireur est autrement plus urgent. D'après l'angle de pénétration du projectile, les Crows déterminent l'emplacement d'Hokshenah. Ils ouvrent un feu serré dans la direction supposée de l'adolescent. Ils ont vu juste. Une balle traverse le manteau du jeune garçon, une autre laboure sa hanche, y produisant une douleur cuisante.

Hokshenah frémit. Cette fois, le temps lui est compté. Sur un ordre de l'un des Crows, la bande attaque de trois positions différentes. Voilà Hokshenah dans une bien mauvaise posture. Étrangement, la situation désespérée dans laquelle il se trouve fait naître la colère en lui, décuple sa détermination, lui insuffle une formidable dose d'énergie.

Alors, si cette journée doit être la dernière de son existence, qu'elle soit glorieuse et permette à Naha-Ichon et à la petite de vivre. Durant la charge des Crows, Hokshenah se redresse de toute sa hauteur et ajuste son tir, posément. Le plus proche ennemi tombe avec un râle, touché en plein front. Hokshenah n'a le temps ni de se réjouir ni de renouveler son geste. Un guerrier est sur lui, coutelas au clair. Hokshenah le tient à distance du bras tendu, s'empare de la main armée. Et soudain, inexplicablement, sa force l'abandonne. La blessure de sa poitrine qui s'est rouverte lui enlève toute énergie. Un voile noir passe devant ses yeux. Il tente de résister, en vain...

Son adversaire le renverse au sol et s'agenouille prestement sur son corps, bras dressé pour la mise à mort. À demi inconscient, l'adolescent a le temps de percevoir le claquement lointain d'une détonation. Hokshenah et le Crow se figent, haletants, le regard intense. Sur la rivière, le Dakota blessé a récupéré la carabine d'un Crow et abattu le dernier ennemi qui courait sur la glace. Et soudain, se produit un geste imprévisible. L'adversaire d'Hokshenah laisse lentement retomber le couteau le long de son corps. Remis sur ses pieds, il tend la main à Hokshenah. Les deux hommes se font face ; toute trace d'hostilité les a quittés. Dans leurs yeux, seule demeure une lassitude profonde.

— Tu es bien jeune, Dakota, pour être aussi brave. Mon frère se trouve parmi les morts. Je pourrais te tuer, mais ton courage m'impressionne.

Le jeune garçon est désemparé. Lui qui depuis sa tendre enfance attendait dans l'impatience l'âge venu de se battre, ce qu'il découvre de la guerre l'effraie au plus haut degré.

— Nous aurions pu naître frères, murmure encore Hokshenah. Quel gâchis !

Naha-Ichon et le bébé sont sauvés, mais à quel prix !

Tandis que le Crow s'éloigne afin de s'occuper du cérémonial mortuaire de ses compagnons, Hokshenah se dirige vers le Dakota blessé. Après son coup de feu, le grand guerrier, épuisé, est demeuré allongé sur le ventre. Hokshenah se penche sur lui.

— Ça va mon...

Il ne termine pas... rendu muet par le visage qui l'observe.

Redressé sur un coude, l'homme émet un faible gémissement.

— *Washe-choo sapah* ! prononce enfin Hokshenah d'une voix sans timbre.

— Eh oui ! Un étranger à la peau noire ! T'en avais jamais vu ?

L'homme grimace ce qu'il veut être un sourire malgré la douleur qui déforme ses traits.

— *Washe-choo sapah*! On ne peut pas dire que vous manquez d'imagination pour donner ces noms d'oiseaux aux gens. J'imagine que tu t'appelles «celui qui a un grand cheval sauvage courant par-dessus les nuages avec une étoile filante accrochée aux fesses», et que ta copine...

— *Ehched heyeyah netah wahee*! Ferme-la! Ton nom, ça serait pas «Grande-Gueule»? Je n'apprécie pas cet humour de Blanc. Tu oublies que je t'ai sauvé la vie.

— Et moi la tienne.

Sans répondre, Hokshenah pose la main sur la flèche plantée dans le dos du Noir. Il vérifie la nature des flèches ennemies qui traînent alentour. Toutes ont des pointes d'os taillées pour la chasse, comportant une gorge à la base afin de pouvoir être facilement extraites en tirant sur la hampe. Tandis que la base des pointes de guerre est lisse; une fois introduite dans la chair, l'en faire sortir devient impossible sans avoir au préalable pratiqué une profonde incision.

— Vas-y doux. Si c'est une pointe de...

— Chasse, affirme l'adolescent.

— Alors, arrache!

— Tu veux pas attendre que je fasse du feu et...

— Pourquoi pas une tisane avec des galettes?

Hokshenah éprouve la résistance de la flèche.

— Elle est fichée dans l'os de l'épaule. Une chance !

— Tu l'as dit. Je m'éclate de joie.

— T'es un comique, Hassapah... « *l'Homme-Noir* ».

— T'es pas triste non plus, frère rouge !

Hokshenah s'assied à califourchon sur le dos du blessé, assure la flèche dans sa paume et tire d'un coup sec. La pointe se dégage de la cavité osseuse avec un craquement, mais reste prise profondément dans la chair. Le blessé pousse un cri et perd connaissance. Le jeune garçon en profite pour s'activer sur sa tâche. Il découpe le haut de sa veste de peau, dénude la blessure qu'il agrandit au couteau, faisant ensuite passer la pointe acérée de la flèche sous le muscle.

— Joli travail !

Lance une voix derrière lui. Hokshenah s'immobilise. Son cœur frappe à coups violents contre ses côtes. Elle est revenue ! Il se retourne lentement, retardant d'autant l'instant privilégié où il posera les yeux sur le visage aimé. Elle est là, avec son regard un peu triste et cette expression douce qui le bouleversent irrémédiablement dès qu'il détaille ses jolis traits un peu trop longtemps.

Ils sont dans les bras l'un de l'autre. Ce geste plein de tendresse s'est effectué sans un mot, avec naturel. Ils l'ont imaginé si souvent dans leurs rêves d'adolescents. Ils pleurent et ils rient, ils s'embrassent et se caressent. Ils sont si bien ensemble...

— Ma petite chérie... ce que je t'ai dit... ces mots... si tu savais...

Du bout des doigts sur ses lèvres, elle fait taire ses paroles.

— J'ai bien réfléchi pour ce bébé, murmure-t-elle. Elle est si douce, si jolie. C'est l'innocence même. On pourrait faire comme si elle était notre sœur à tous les deux ?

— Oh, les tourtereaux, s'impatiente le Noir. Quand vous aurez fini de vous raconter vos recettes de soupe aux légumes... je suis là !

Hassapah esquisse courageusement un sourire qui s'achève sur une grimace. Ses yeux se révulsent. Naha-Ichon le secoue.

— C'est pas le moment de faire la sieste. Va falloir marcher.

— Pourquoi... pas... danser... ?

Hokshenah rit.

— Tu manques pas d'humour, *Zet'kah sahpah*.

— Oiseau-Noir, toi-même.

— Je t'aurais cru plus résistant. La flèche a juste piqué l'os ! Ironise Naha-Ichon.

— Pas celle-là !

L'homme ouvre son manteau. Un morceau de bois ensanglanté dépasse de sa hanche.

— Elle est bien incrustée...

Naha-Ichon écarquille les yeux d'incrédulité.

— Tu as couru avec ça ? Ton courage est grand, Hassapah.

— Courage dû à la peur, non à l'héroïsme !

Hokshenah et son amie installent leur bivouac sur place, en bordure d'une clairière. Plus loin, dans le bois, le Crow survivant dresse les plateformes funéraires de ses compagnons. Aucun n'a survécu. Le reste de la journée, il chante la prière des morts. En début de soirée, l'homme installe un coupe-vent et fait du feu.

Sous le tipi, Naha-Ichon s'occupe de l'Homme-Noir pendant que son compagnon nourrit le bébé. Le blessé interpelle Hokshenah d'un ton railleur.

— *He-H'moo-Tonkah*! Ta femelle est un vrai Chat-Sauvage, mon garçon!

Hokshenah se tourne vers le Noir, sourcils froncés de colère.

— Chez nous, le mot femelle désigne une bête, jamais la femme.

— Heu... désolé, je plaisantais.

— La prochaine fois, trouve autre chose.

— Je voulais dire que dans ce tipi... la fille semble mener la barque.

— En plein bois? s'étonne le jeune homme.

— Elle porte la culotte, si tu préfères.

— Tu es malade! *Takon echa tonka.*

— Elle commande, voilà ce que je veux dire, tente d'expliquer le blessé sans même réaliser ce que cette dernière réflexion peut avoir d'insultant pour le jeune garçon.

— Chez le Dakota, personne ne commande. La femme est maîtresse dans son tipi. Elle conseille l'homme, parle aux réunions tribales.

— Et le guerrier fait la cuisine et nettoie le cul merdeux des enfants! se moque Hassapah.

— Cuisiner ou changer un bébé n'est déshonorant que pour les imbéciles, *Zet'kah sapah*. La femme n'est pas l'esclave de l'homme, et je...

— Ne parle pas d'esclavage... pas à moi! Ton peuple d'ailleurs attaquait d'autres tribus dans le but justement de se procurer des esclaves.

— Tu te trompes, les femmes prises dans les autres tribus étaient bien traitées. Elles épousaient souvent nos guerriers, quant aux hommes, ils étaient placés dans des familles qui venaient de perdre un fils ou un mari.

— Tu parles d'un choix. C'était ça ou la mort.

— Ces gens finissaient par s'intégrer à leur nouvelle tribu.

— Esclavage quand même! En passant, j'aime pas qu'on m'appelle *Zet'kah sapah*, ni *Takon echa tonka*. Je ne suis ni un oiseau noir, ni un raisin noir, mais un homme! T'aimerais que moi, je t'appelle Figure de gelée de prunes?

— Bah...si ça pouvait te faire plaisir. L'intransigeance des Blancs nous a tanné le cuir en prévision de n'importe quoi.

— *Oht'kah... heu... tawee choo?*

— *Heyah! Zet'kah sapah*. Naha-Ichon n'est pas mon épouse.

À l'énoncé de son nom, la jeune fille détourne la tête, gênée de sentir sur elle le regard des deux hommes. Afin de briser l'atmosphère un peu lourde qui s'ensuit, Hokshenah lance une cuillère en bois sur le dos de Sintaypoh qui courait en hurlant autour du traîneau.

— Ce rat stupide n'en finit pas! jette Hokshenah, faussement coléreux.

— Tiens donc! Chez nous, on nomme cet animal un coyote.

— Quelle drôlerie. Au fait... si cela te déplait d'être appelé Oiseau-Noir, as-tu autre chose à proposer?

— Si on essayait mon nom?

— Original! Vas-y...

— Philibert!

Malgré lui, Hokshenah éclate de rire, aussitôt imité par Naha-Ichon.

— Merci beaucoup, s'insurge le Noir.

— Ne te fâche pas, le tempère l'adolescent, mais franchement, avoue que Philibert... Tu ne crains pas que les esprits farceurs te tirent par les savates avec un nom pareil accroché aux fesses? As-tu ce que les Blancs appellent un nom de famille?

— Ouais... Gonzalès!

— C'est pas vrai! Tu le fais exprès ma parole. Toi, tout brillant, tout noir, en Philibert Gonzalès. C'est comme si je te baptisais *Edeh sh'dee*, «l'eczéma ambulant» ou *Eatkah zecha*, «blanc d'œuf». Moi je...

— OK, *Shoon shoon nah*, «espèce d'âne», message reçu. Tu as le sens de l'humour. Mon nom ancestral, c'est Tobé Tarouhilé.

— Ah, voilà qui te ressemble plus. Ce Gonzalès, d'où il sort ?

— Mes parents étaient esclaves en Louisiane. Et le « bois d'ébène », comme on nous désignait, portait le nom du maître. Je me suis ainsi appelé Sygur, Johnston et Gonzalès.

— *Wakon shecha* ! Ça alors, on t'a vendu trois fois ? À présent, au moins, grâce à la guerre de sécession, vous êtes libres.

— Libres de quoi ? On n'a pas le droit d'avoir de terre, de faire du commerce, de voter, de s'adresser aux Blancs, de fréquenter leurs restaurants. Même pisser dans leurs latrines publiques nous est interdit. Regarder une femme blanche peut valoir la pendaison.

— Ces Blancs sont dingues !

— Il y en a des bons.

— Va dire ça aux rescapés de mon village. Moi, je suis Hokshenah Inyonkah et mon amie, Naha-Ichon.

— L'Enfant-qui-court et Les-Beaux-Yeux…

— J'oubliais que tu parles le santee, sans accent... enfin presque aucun. Où as-tu appris ce dialecte dakota ?

Tobé détourne la tête, pas assez vite cependant. Hokshenah a eu le temps de voir ses yeux s'emplir de tristesse.

— Excuse-moi. Si tu préfères ne pas...

— Au contraire. Le temps passé parmi les Dakotas a été la plus belle époque de ma vie. Ma compagne... se nommait *Desh'denah skooyah*...

— Petite-Douce...

— Une Teton Lakota, peuple cousin du tien. Douce, ça, elle l'était... Nous avions trois enfants... deux filles, pareilles à des matins de printemps, si jolies... et un petit gars tout rond, tout gentil. Le bonheur, quoi. On partageait un lopin de terre avec trois familles lakotas, au bord d'un lac... Un matin, les soldats sont arrivés sans crier gare. Ils ont ouvert le feu à la mitrailleuse sur le village. Trente morts! Je suis le seul survivant. Alors, j'ai déclaré une guerre sans merci à l'armée des États-Unis... J'ai abattu des dizaines de soldats, jusqu'au jour où ils ont mis ces Crows sur mes traces. J'ai résisté six mois.

— À présent, taisez-vous tous les deux, ordonne Naha-Ichon des larmes dans la voix. La pointe de flèche est profonde. Ça va faire mal.

Hokshenah, tout aussi bouleversé par le récit de Tobé, essaie de changer le cours du terrible dialogue.

— Ce qu'elle vient de dire... c'est ça, porter la culotte, Tobé?

— La laisse pas filer. Elle en a dans les tripes... aïe, doucement, ma belle!

— Je ne comprends pas.

— Épouse-la! Hé... ho... quelle poigne!

La jeune fille feint de se fâcher.

— Garde ta langue rose pour les phrases intelligentes et tes forces pour grimper aux arbres. Je vais ouvrir ta blessure tout du long. La pointe d'os est cassée. Il en reste un bout à l'intérieur.

Hokshenah glisse une courroie de cuir entre les dents de Tobé.

— Croque, petit père, comme si c'était du porc rôti.

Naha-Ichon ouvre la chair jusqu'à l'os d'un coup de lame expert. Sa vitesse d'exécution a été si grande que Tobé n'a pas réagi. Il faut néanmoins de longues minutes à la jeune fille pour récupérer les esquilles de la flèche.

Elle recoud ensuite la plaie avec une alêne en ivoire de morse et du crin de cheval. L'opération terminée, elle range soigneusement son aiguille dans le sac aux objets précieux. Elle la tient de sa mère, qui elle-même, la tenait de la mère de sa mère, une pure Inuk du Nord canadien.

Hokshenah pose les mains sur les épaules de Naha-Ichon toujours agenouillée, les serre doucement.

— Femme au grand cœur, heureux celui qui est ton ami.

La jeune fille en frissonne de plaisir. La main du garçon se rapproche de sa nuque. La pression se fait forte. Naha-Ichon lève les yeux vers son compagnon et pousse un cri d'effroi. La manche du jeune homme est tout imbibée de sang. Sa blessure s'est rouverte. Naha-Ichon attire le garçon contre elle. Il se laisse aller, s'accroupit à son côté. Il est à bout, ses yeux se ferment. Il glisse au sol...

Vient la nuit, avec ses ombres mouvantes, ses clartés fugaces nées de la lune blafarde et les bruits insolites du vent dans les branches des pins.

Le temps se radoucit, la neige tombe mollement, ensevelissant morts et vivants sous le même linceul...

Sous la tente, le feu crépite. Naha-Ichon lutte contre le sommeil qui la terrasse afin de veiller sur les deux blessés. Dans le creux de ses jambes repliées, l'Enfant-Amour lance ses petits mots de bébé, phrases sans suite, belles comme un gazouillis d'oiseau. La jeune fille lui caresse le front, murmurant des paroles légères ; complicité faite d'un doux murmure qui met des éclats de rire à la bouche du bébé. Les souffrances communes avaient effacé leurs différences. Après ces dures épreuves, le cœur de la jeune fille s'attendrit au contact de l'innocence.

Ce soir-là, Naha-Ichon reprend pour l'enfant, *Wahne ehtoo wahyapeh*, le Compte des hivers, commencé par Hokshenah.

— La grande migration du peuple dakota se poursuivait... Le frère bison, tel un Esprit sacré, nourrissait toutes les tribus de la plaine et des montagnes. C'est alors que l'ennemi chippewa, par respect pour les qualités guerrières du Dakota, lui a donné le nom de *Nadawessi*, « petit serpent à sonnette ». *Ikce Wasichu*, « l'Homme blanc ordinaire », celui qui venait de France, en fit Nadawessioux au pluriel, puis, par commodité, abrégea le mot en Sioux, ce qui ne signifie rien du tout mais satisfait les étrangers. À l'origine, les Dakotas étaient constitués de trois peuples cousins : les Santees, les Yanctons et les Tetons. Le mot « dakota » signifie Alliés ou Amis. Leur grande migration terminée près de Paha-Sapah, ils se sont séparés en trois grandes bandes, prenant le nom de Dakota, Lakota et Nakota. Chacune a adopté des croyances nouvelles et a transformé un peu la langue ainsi que certaines des traditions. Chez les Dakotas, les petits garçons portent...

Naha-Ichon s'interrompt, un peu gênée, en voyant dans la pénombre luire les yeux d'Hokshenah. Au même instant, la voix de Tobé ajoute encore à sa confusion.

— ...les petits garçons portaient des robes, comme les filles, jusqu'à l'âge de huit ans, poursuit Tobé avec une mimique qui découvre des dents blanches bien rangées, âge où l'enfant rejoignait le cercle de ceux qui grandissent.

— ...c'était en effet le temps pour eux de se réunir autour d'un vieux qui leur racontait l'Histoire de la Nation, poursuit Hokshenah avec un soupir de contentement.

Ils se retrouvent là, tous les trois, sans famille et déshérités, expliquant le peuple dakota, sa gloire et ses tourments, à une petite fille qui comprend à peine trois mots de la langue. Le temps de quelques souvenirs, ils font revivre le peuple qu'ils aiment.

— Les annales africaines sont transmises aux jeunes de semblable façon. J'ai appris mon pays ancestral de la bouche de ma mère, et si mes enfants... Tobé ne peut poursuivre. Un sanglot secoue sa poitrine. Il se renfrogne dans son coin. Le charme est rompu, mais Hokshenah sait à présent qu'en dépit de leur situation précaire, ils seront trois à poursuivre le Compte des hivers pour l'Enfant-Amour.

Naha-Ichon fait fondre une bolée de neige et infuse des herbes odorantes et sucrées qui alanguissent le corps et facilitent le sommeil. Le breuvage commence à produire son effet lorsqu'un crissement de pas dans la neige durcie par le gel fait bondir Hokshenah sur la carabine qu'il a récupérée après le combat.

— *Hou! Kolah. Anahgoh p'don.*

C'est *Kangi oyati*, «celui de la région des Crows». Hokshenah pose sa carabine et soulève l'écusson de cuir de la porte malgré les mises en garde répétées de Naha-Ichon et de Tobé. Il n'y a pas de raison de se méfier de *Kangi oyati*! Celui-ci avait regardé Hokshenah droit dans les yeux.

— Que veux-tu? demande l'adolescent.

Mais à quoi bon une réponse. Au cœur de cette tempête de glace qui massacre la forêt, l'homme ne porte ni gants ni chapeau, son visage est bleu de froid. Là-bas, au milieu des arbres, son feu a été soufflé par le vent comme une chandelle.

— *H'nah sh'keen yon. Os'ne*!

Hokshenah n'hésite pas. Il fait en effet une folle température et, dans ce blizzard, l'homme qui n'a pas retrouvé son paquetage risque la mort.

— Viens te réchauffer, mon feu est le tien, propose Hokshenah.

Le Crow, sans un mot ni même un signe de la tête, s'agenouille devant le foyer avec un air impassible que dément le plaisir intense qui brille dans son regard. Naha-Ichon lui fait aussitôt dégeler, au bout d'un bâton, quelques plaquettes de *wasna*, une viande séchée mêlée à du gras et des baies sucrées que certaines peuplades nomment du pemmican.

Lorsque le Crow a terminé son repas, Hokshenah s'assied face à lui et bourre la courte pipe que lui a offerte Naha-Ichon d'un vrai tabac, ramené de Wounded Knee. Il le réservait pour les grandes occasions ; c'en est une. Hassapah, sans y être prié, se joint à eux. Sa qualité d'invité lui autorise un tel geste. Au milieu d'un silence respectueux, la pipe va de l'un à l'autre. Les hommes fument sans bruit, parfois à petits coups rapides pour garder la combustion appropriée, parfois à longues goulées. Leurs regards se croisent de temps à autre, sans haine, avec une indifférence apparente, essayant de ne rien communiquer de leurs sentiments respectifs. Et pourtant, autour d'eux, aussi perceptible que ces halos tremblants dessinés sur les parois du tipi par le jeu des flammes, l'émotion est palpable, jusque dans les silences. En fait, ces hommes méditent sur ce que l'égoïsme et la fourberie de l'Homme blanc avaient apporté aux peuples colonisés. Que de promesses non tenues couvraient les infâmes traités !

Le Crow passe la nuit sous le tipi dakota.

Au matin, il a disparu, mais, sur sa couverture, Naha-Ichon trouve une cinquantaine de cartouches et un revolver *Peacemaker* flambant neuf. L'homme payait noblement sa dette.

Au moment du départ, il est décidé que Tobé suive le convoi quelques jours, le temps pour lui de se rétablir. Il se rendra ensuite dans la région d'Ottawa, province de l'Ontario où la Petite-Mère-Blanche, ainsi que l'on nomme la reine d'Angleterre, respecte les étrangers.

Empruntant le chemin qui longe le lac où s'était déroulé une partie des combats, Hassapah trouve une carabine plantée dans la neige. À présent, les deux hommes sont en mesure de mieux se défendre, mais aussi de chasser plus efficacement. Ce qu'ils prouvent le jour même en abattant un grand cerf aux andouillers impressionnants. Naha-Ichon versera une larme attendrie sur ce gibier, avant d'avouer à ses deux compagnons que le cerf est son animal fétiche.

Elle refuse ainsi de le dépecer, d'apprêter la viande pour le repas, et bien sûr, d'en manger. Les deux hommes, nullement offusqués, débitent leur prise ensemble, taillent la viande en fines lanières et la font sécher à la veillée. Naha-Ichon, repliée dans son coin, obstinément boudeuse, ne leur adressera pas la parole jusqu'au lendemain.

Faire d'un animal si présent dans l'alimentation quotidienne son fétiche représente pour Hokshenah une véritable aberration. Il se garde néanmoins d'exprimer la moindre critique à son amie, conscient qu'ici-bas, chacun doit respecter les tabous des autres, parfois aussi leurs réticences.

La fuite vers la liberté reprend.

Cinq jours plus tard, grâce à leur constitution robuste, et ce, en dépit de l'épuisant labeur qui leur est imposé, l'état des deux hommes s'est nettement amélioré. Les soins attentifs prodigués par la jeune fille ne sont certes pas étrangers à leur remarquable guérison. Les deux blessés ne manquent d'ailleurs pas une occasion de le lui dire. Hassapah ne se décide pas à quitter ceux qu'il nomme avec malice ses frères de couleur.

— Ottawa? Pour dire la vérité, j'ai toute la vie devant moi. Sans compter qu'il vous faut un guide. Je connais bien la région. Dans ma jeunesse, je faisais l'éclaireur dans les convois d'immigrants.

— Tiens donc! Et combien sont arrivés au but? le questionne malicieusement Hokshenah.

C'est ainsi que *Hassapah*, «l'Homme-Noir», fait partie du voyage vers *Konshe makoche*, «le pays des terres du nord».

Parvenus au sommet plat d'une haute colline, les trois compagnons font halte, se tournent vers la plaine immense qui s'étend à leurs pieds. Au loin, à peine perceptible dans la brume matinale gorgée de neige, ils devinent la silhouette de Paha-Sapa qui semble flotter; les Collines noires sacrées qu'ils ne reverront probablement jamais.

Maka dagapeh chonteh, heke yehnah, ah ope hupahoo!

Chacun d'eux abandonne ici un peu de son cœur, enterré à Wounded Knee...

Les kilomètres s'ajoutent aux kilomètres, porteurs d'émotions variées, faites de petits plaisirs et d'instants chargés de nostalgiques souvenirs. Ainsi, les moindres détails du paysage qui, de tout temps, ont su leur mettre la joie au cœur, ne semblent désormais que leur rappeler cruellement cette beauté de la terre natale qu'ils abandonnent.

Ils suivent le lit des rivières gelées, qui leur permet d'éviter sans effort ravins et montagnes, ils coupent au nord-est du Wyoming, vers la Tour du diable, ce piton rocheux surmonté d'un plateau que le Grand-Esprit fit un jour jaillir du sol afin de sauver des enfants poursuivis par un grizzli. Ensuite, ils traversent le Missouri et remontent par *Little Powder River* jusqu'à la forêt de Yellowstone. Ils la passent et retrouvent le fleuve Missouri. Ils obliquent alors vers l'ouest et tombent sur *Big Muddy River*, «la Grande Rivière de Boue», à quelque trente miles de la frontière du Nord Dakota. Il ne leur reste qu'à la longer sur trois cents kilomètres jusqu'au *Big Muddy Lake*, pour se trouver en Saskatchewan, au Canada.

Durant ce long voyage, Sintaypoh le coyote a doublé de volume et de taille. Son appétit grandit en proportion. Les voyageurs ne peuvent combler les besoins de ce jeune prédateur glouton en pleine croissance, qui passe le plus clair de ses journées à chasser et, le soir au bivouac, à courailler après son rat. Ce dernier demeure en effet toujours dans le coffre à linge. Il fait partie du voyage. On peut ainsi voir, plusieurs fois par jour, l'un des compagnons glisser dans sa cachette quelques miettes de pain, des débris de viande. Le rongeur a lui aussi considérablement grossi, au point d'éprouver les plus grandes difficultés à se faufiler dans son trou, outre le fait que cet embonpoint le handicape terriblement pour échapper à Sintaypoh. Les attaques de celui-ci se resserrent chaque jour davantage. Ironiquement, la taille de Sintaypoh concède un gros avantage au rat; son embonpoint de jeune adulte empêche le coyote de ramper sous le traîneau.

À mesure qu'ils se rapprochent de la frontière canadienne, les voyageurs commencent à rencontrer des Natifs algonquins et iroquois vivant dans l'immense pays nordique. Pas un seul d'entre eux ne se montre hostile à leur égard. Ils sont amicaux, offrent à l'occasion l'hospitalité de leur tente, partagent une pièce de gibier, conseillent les trois amis sur le pays, le climat, les mettent en garde contre l'envahisseur blanc...

Il y a déjà un compte de soleils de six fois les doigts d'une main que tous trois cheminent ensemble ; depuis quelque temps, l'atmosphère dans le petit groupe s'est radicalement transformée. Les liens d'amitié entre les deux hommes se sont profondément affermis. Ils ne s'appellent plus que *Chinye* et *Soonka*, « Plus vieux » et « Plus jeune frère ». Mais entre Hokshenah et la jeune fille, la relation s'est notablement détériorée. Leurs échanges se réduisent au strict minimum : des hochements de tête, quelques onomatopées jetées du bout des lèvres pour exprimer le froid, la faim ou la fatigue... Hokshenah n'ose déjà plus lever les yeux sur la jeune fille.

Ce n'est pourtant pas faute d'avoir essayé de lui parler à plusieurs reprises. Mais sa voix se brise chaque fois en d'étranges borborygmes où s'égarent lamentablement les bonnes résolutions du jeune homme. Il en bafouille davantage, perd sa contenance, avec la déroutante impression que « *cette malicieuse fille cheyenne fait exprès de l'embarrasser de la sorte, s'en amusant même au plus haut degré* ». Il faut dire que le seul fait de la regarder dans les yeux lui colle au visage ce genre de chaleur qui accompagne les déplaisantes rougeurs aux joues des filles timides. Une faiblesse lamentable que l'adolescent ne peut accepter. Et voilà que, depuis deux soleils, Naha-Ichon paraît éprouver aussi certaines difficultés à tourner le visage dans sa direction. Heureusement, songe Hokshenah, au moins Naha-Ichon lui fiche-t-elle un peu la paix. Une situation qui le fait d'autant plus enrager que Tobé, ce méchant Hassapah, s'en amuse ouvertement, prenant du plaisir à sa gêne, prononçant même parfois de ses lèvres lippues, des mots railleurs qu'Hokshenah s'est trouvé plus d'une fois prêt à écraser du poing. Ils en sont là!

Pour tous, une franche explication est devenue impérative.

Hokshenah profite donc d'une partie de chasse pour faire connaître à Tobé l'étendue de sa rancœur. Le grand Noir s'en offusque aussitôt.

— Comment, monsieur déteste qu'on se moque de lui? Faut-il que je pleure devant vos simagrées? Enfin Hokshenah, entre toi et ta copine, c'est devenu infernal!

— Le respect veut que tu...

— Fiche-moi donc la paix avec tes grands mots! Comme ça, tu ne vois rien? Ça fait trois jours que chacun boude dans son coin, me fait la gueule, à moi, pour des broutilles, moi qui ne suis même pas concerné par vos affaires de cœur.

Vous ne me parlez même plus. Ça devient difficile de vivre avec vous.

— Cette fille... elle m'agace, nom de nom!

— T'en es sûr?

— Brillante question. Ça ne se voit pas?

— Il faut avouer que chaque fois que tu as le courage de la regarder en face, tu baragouines des trucs qui ne valent pas une crotte de rat!

— Elle m'énerve, je te dis!

— Alors, expliquez-vous, qu'on en finisse. Certains jours, l'atmosphère devient pesante... au point que je ne sais pas si je peux continuer avec vous.

— Hein? Tu vas... que... pas... non!

— Tu vois ce que j'essaie de te dire? *Hein-tu-vas-que-pas-non!* On dirait du jargon chinook. Monsieur ne sait même plus faire une phrase simple. Le problème est sérieux, je t'assure. Pour être franc, je voulais partir demain matin. À moins que tu ne règles cette histoire avec ta chérie. Y'en a assez de vos émotions de jeunes filles en fleurs.

— C'est quoi ça, des jeu...

— Cherche pas et va lui parler!

Hokshenah hausse les épaules avec irritation.

— *Wagon netahya, chinyeh!*

De saisissement, Tobé ouvre grand les yeux. Jamais il n'aurait imaginé que la langue dakota pouvait offrir des expressions aussi hardies, comme celle que vient de lui lancer Hokshenah à l'instant, «d'aller se faire...». Il faut dire que son épouse, «Petite-Douce», ignorait la vulgarité pour exprimer son déplaisir. Quand même, *Wagon netahya, chinyeh*, lui dire ça, à lui!

L'occasion pour le jeune homme de parler à Naha-Ichon ne se présente que le lendemain en début de soirée, après une bien longue journée, ponctuée de petites réflexions désobligeantes, impatientes, de vifs hochements de têtes. Il était temps que cela éclate. La tension qui existe entre les adolescents devient insupportable pour tout le monde. Même *Chont'kin-yah* qui, tels les oiseaux, avec cette fine réceptivité que possèdent les petits, ressent la tension accumulée alentour de son berceau. Devenue irritable, elle pleure sans raison apparente, mange moins, dort mal. Quant au coyote, rabroué de tous côtés, il fait bêtises sur bêtises, rongeant le traîneau, mâchouillant couvertures et vêtements, volant la nourriture, urinant sur les parois de la tente. Il mord même un mollet de Tobé lorsque, par mégarde, celui-ci lui marche sur la queue. Ce qui vaut à l'animal un solide coup de pied qui précipite Hokshenah en garde, poings dressés devant son ami.

— La bête n'est pas un souffre-douleur, abruti. Elle ne se défend pas. Tu veux cogner sur quelque chose? Essaie avec moi.

— Si tu veux user de la salive en paroles, fais-le avec ta princesse! hurle Tobé, exaspéré. J'en ai assez de vos histoires. Parle-lui, dis tout ce que tu as dans le crâne... s'il y reste quelque chose !

Et Tobé sort à grands pas de la tente sans arrêter de ronchonner. Cette fois, il a cessé de rire. Dix minutes plus tard, son baluchon s'appuie contre le traîneau. Naha-Ichon, en train de nourrir *Chont'kin-yah*, n'ose pas intervenir.

Hokshenah s'est mis à fouiller dans les sacs, des mots hargneux dans la bouche à chaque geste.

— Quand t'auras fini de pleurnicher comme un vieux sans dents, lance la jeune fille, fais fondre une bolée de neige que je nettoie le bébé... Et prépare de la farine, je...

— Dis donc, toi, je suis pas ton chien !

— Ni moi le tien ! Je tire ton traîneau...

— Bourré de tes affaires, ajoute Hokshenah.

— Je fais la cuisine !

— Qui te l'a demandé ? Tu manges aussi, il me semble. Moi, je peux me passer de ta présence aussi aisément qu'on claque des doigts...

— Et moi donc, persifle Naha-Ichon.

— Je pourrais m'en aller, seul.

— Et qui te sauvera la vie la prochaine fois ?
Elle se moquait de lui.

— Très drôle. Et je te laisserais là...
Naha-Ichon lève les yeux au ciel.

— Ça serait trop beau. Allez, va-t'en, et emporte ta pisseuse de Chont'kin-yah. Pauvre petit cœur, elle sera bien traitée avec un sans-cœur de ton genre. Avant que tu partes... je veux que tu saches... je reconnais avoir menti. J'ai trouvé le bébé par terre...

Et la colère du jeune garçon tombe d'un seul coup. Il admet tout le ridicule de cette argumentation. C'est d'une petite voix brisée qu'il s'adresse à la jeune fille.

— Pour quelle raison, ce mensonge?

L'adolescente hoche la tête, lèvres agitées par un sanglot difficilement contenu.

— J'avais peur que tu me laisses là-bas... avec les morts! Sentir cette petite vie contre moi me faisait éprouver une sorte de bonheur et de sécurité, répond la jeune fille, gorge nouée. Ce bébé signifiait l'espoir, la vie qui continue, malgré la volonté d'une race démoniaque à vouloir nous éliminer. Lorsque tu m'as dit qu'elle était ta sœur, je me suis sentie perdue. Connaissant vos croyances au sujet de ceux dont l'esprit est perturbé, j'ai utilisé la situation à mon avantage en prétendant ne pas être très normale, seule condition qui t'obligeait à ne pas me contrarier ni à m'abandonner.

— Pauvre chérie. Même si tu avais été seule... même si tu avais été *Absoraka*, «une fille du pays des oiseaux à gros bec», une Crow, je t'aurais emmenée tout de même. L'homme qui se respecte doit protéger la femme dans le besoin, d'où qu'elle vienne. Et maintenant, tu ne regrettes pas l'existence mouvementée que nous menons?

L'adolescente est incapable de répondre. Ses larmes effacent les phrases; pour Hokshenah, chaque goutte vaut un discours.

— Nahish!

À ce mot fait de tendresse et de compréhension, elle se glisse entre ses bras, sa bouche enfouie dans le cou du garçon. Hokshenah éprouve le souffle léger, telle une caresse courant sur sa peau. Il frissonne.

— Tu as froid?

Il reste silencieux. Leurs joues se frôlent, lèvres glissant doucement sur les visages brûlant d'émoi. Leurs souffles s'unissent.

Tobé, qui rentre justement, les trouve ainsi, tendrement enlacés. Sans bruit, il repousse l'écu de peau qui couvre l'entrée et s'éloigne, des larmes plein les yeux et un sourire aux coins des lèvres. Le bonheur des autres fait parfois bien mal!

À ce moment-là, Hokshenah passe la tête par l'ouverture.

— *Hassapah. Cheed-yapé...* «Homme-Noir dépravé», je t'ai vu!

— Moi aussi, *wechochta chawaha yazoka*, «Homme-Rouge imbécile», je t'ai vu! Alors, tu lui as parlé?

— À qui?

— C'est bien ce que je disais.

Hochant la tête d'un air faussement désespéré, Tobé s'éloigne en direction du bois, Sintaypoh sur les talons. L'homme se met à rire. Il songe à la manière originale de déclarer sa flamme en usage chez les Dakotas.

L'amoureux s'enveloppe dans une couverture avec la fille qu'il désire courtiser, seules les têtes dépassent; et là, devant toute la famille de celle-ci, il lui déclare sa flamme. S'il ne parvient pas à la convaincre, elle se lève simplement, reprend sa couverture et attend une offre plus intéressante. Une jolie fille peut ainsi recevoir plusieurs hommages semblables dans la même soirée. Jamais Naha-Ichon n'accepterait semblable coutume. L'éducation cheyenne exige de ses jeunes filles vertu et chasteté. À partir de l'âge de treize ans, filles et garçons ne peuvent d'ailleurs plus jouer ensemble, ni même se regarder. Et lorsqu'un père annonce, à la criée, dans tout le village, les premières menstruations de sa fille, elle devra dorénavant protéger sa vertu avec une ceinture de peau ou de corde, retenue autour des cuisses. Plus tard, elle épousera en général le garçon choisi par son père, à condition bien sûr qu'il ait au moins participé à une guerre, courageusement, cela va de soi. Tobé imagine Naha-Ichon et Hokshenah en train de se chamailler sous une couverture de peau... elle, mettant de l'avant sa ceinture de vierge et lui, ses lèvres impatientes... Le choc des cultures, quoi!

Hokshenah retourne auprès de son amie.

— À présent, ma belle, dis-moi ton âge, le vrai, pas celui du premier jour!

Elle rit.

— Aurais-tu abandonné une fillette de douze ans?

— Absolument!

— Dix-sept hivers... bientôt dix-huit!

Hokshenah lève les bras au ciel et recule d'un bond, l'air catastrophé.

— *Échah'da*! *Wakonkanah*. Par l'Esprit créateur, une vieille femme... J'aime une vieille femme.

— *De s'dena chonzeh*. Petit fou!

À quelques pas de là, parmi les arbres, Tobé laisse librement aller sa douleur. Derrière ses paupières closes, sourit le doux visage de son épouse.

Sur les plus hautes ramilles d'un bouleau effeuillé, une pariade d'oiseaux nocturnes déploie ses ailes afin d'emprisonner l'air qui les isolera de la gelée. Cette agitation provoque une minuscule avalanche qui, de bout de branche en bout de branche, atterrit sur le visage de Tobé offert au ciel de Wakan-Tanka, le Maître des choses...

De retour au campement, Tobé remet son paquetage sur le traîneau. Sa vraie famille est ici.

La réconciliation des adolescents enfin acquise, l'ambiance du bivouac s'en trouve radicalement transformée. L'atmosphère, porteuse de rires et de mots aimables, est saturée d'amicales pensées. Ainsi, tout au long du repas, les doigts se frôlent, les yeux des uns et des autres s'accrochent avec des airs complices.

Tandis que sur la montagne se prépare une tempête magistrale, Hokshenah et ses deux compagnons reprennent pour l'Enfant-Amour le Compte des hivers dakotas.

— ...Le vieux instruisait les garçons. Il leur disait que pour le Dakota, mourir à la guerre, jeune et le corps sain, était plus honorable que de vivre vieux, à la charge de ses enfants. La société dakota était démocratique, mais celui qui désirait parler pendant les réunions du grand conseil devait avoir fait ses preuves à la guerre.

— Et la femme ? intervient Tobé.

— Pour gagner ce droit de parole, elle devait aussi prouver son courage ou sa présence d'esprit par un acte valeureux, en sauvant vieillards et enfants durant une attaque ennemie...

— Parle-nous de ces fameux combattants d'élite, demanda la jeune femme.

— On trouve dans notre peuple un petit groupe de combattants d'élite nommés les Chiens-Soldats. Choisissant au cœur de la bataille l'emplacement le plus critique, ces guerriers plantaient leur coutelas dans le sol à travers la longue écharpe qu'ils portaient autour de la poitrine, indiquant par là leur volonté de vaincre ou de mourir sur place. Ils ne pourraient se détacher eux-mêmes sans déshonneur. Le vol d'un aigle sur le champ de bataille pouvait aussi le délier de ce serment.

— Plus-Jeune-Frère, pourquoi l'aigle est-il à ce point vénéré, demande Tobé.

— Tous les animaux volants sont respectés. Ils ont le pouvoir de se rendre jusqu'au Grand-Esprit.

Ainsi, longuement, pareil aux jeunes Dakotas, Tobé questionne son Plus-Jeune-Frère sur sa tribu disparue.

— Pourquoi ce choix de la catlinite, cette pierre tendre, pour vos pipes sacrées?

— Elle est facile à extraire, puis à façonner. Sa couleur rouge représente le sang du bison que Wakan-Tanka a tué et qui s'est écoulé sur la montagne avant que la Jeune-Fille-Bison-Blanc ne donne le calumet aux Dakotas. Durant les cérémonies accompagnant l'extraction de la pierre, les tribus ennemies qui se rencontraient dans la montagne observaient «la trêve de la pierre à pipe». Le nom de la pipe vient de George Catlin, le peintre américain qui a fait connaître notre calumet aux Européens.

— Parle-nous des affrontements entre tribus, intervient l'adolescente.

— Chez nous, la guerre, telle que l'entend l'Homme blanc, est très rare. Elle ne se compose en général que d'escarmouches avec les clans voisins, pour voler leurs chevaux, des boucliers magiques ou revendiquer un territoire de chasse. Tuer l'ennemi n'est jamais le but premier de nos combats. Le toucher avec un bâton à coups est plus glorieux que de l'abattre.

— Et les scalps?

— Une invention de l'Homme blanc. Cela a commencé avec les colons riches qui voulaient s'approprier nos terres. Ils payaient des chasseurs de primes pour nous éliminer des terres convoitées. Le scalp prouvait la boucherie accomplie. Les femmes et les enfants n'étaient pas épargnés. Chez les Dakotas, s'emparer d'une chevelure signifiait découper sur le sommet du crâne un petit cercle de peau chevelu; simple façon d'humilier le perdant, rien de plus. Nos ennemis scalpés survivaient toujours à l'opération.

Prendre la vie d'un ennemi n'est pas une preuve de courage. Pour l'Apache, par exemple, tuer un homme est une incohérence impliquant l'obligation de se purifier par la prière dans une hutte à sudation. Wasichu n'a pas saisi la nuance. On retrouve chez lui, le même comportement incohérent à l'égard des animaux. Il ne saurait passer près d'un ours ou d'un loup sans se sentir obligé de les abattre. Ce qui fait la grandeur de l'homme se trouve à l'opposé de ce comporte-ment: laisser vivre, quand on a l'occasion de tuer. Wasichu n'est qu'un inconscient à l'orgueil placé dans les mauvaises valeurs. Un jour, par exemple, un Wasichu a décapité Canonchet, grand chef des Narragansets, et a envoyé sa tête comme souvenir aux magistrats de Hartford, dans le Connecticut.

— Que penses-tu des grands explorateurs européens?

— Colomb et Cartier, pour ne citer qu'eux, ont commis des atrocités dont ne parlent pas les journaux des grandes villes, kidnappant de pauvres gens afin de les exposer en Europe comme des bêtes de cirque. Les Blancs fêtent toujours ces monstres comme des héros ayant découvert l'Amérique. J'ai toujours pensé que c'était nous qui avions découvert ce pays, ajoute le jeune homme avec humour.

Hassapah émet un gros rire.

— Parle-moi de ce fameux bâton à coups, cette lance qui ressemble un peu à la canne d'une gardienne de bétail.

— Ce que tu appelles une lance n'est jamais utilisé chez nous. Quelle que soit son origine tribale, le Natif de ce pays n'envoie que la flèche. Nous utilisons, par contre, de courts épieux durant les corps à corps. Quant au bâton à coups, en passant, une expression française, c'est l'arme des braves par excellence, bien que ce ne soit pas une arme au sens propre du terme. Ce n'est qu'un bâton dont une extrémité est recourbée. Seul le Chien-Soldat peut en posséder un. Il sert à toucher l'ennemi sans chercher à le blesser. Marquer un coup est considéré comme un acte de grande bravoure et sera d'ailleurs récompensé par une nouvelle plume au bonnet de guerre du brave.

— *Soon-Kah*, «Plus-Jeune-Frère», si l'acte glorieux met une nouvelle plume au bonnet d'un chef, comment gagne-t-il celles qui décorent son bâton à coups?

— De la même façon. Premièrement, un bonnet composé de nombreuses plumes n'est pas la parure d'un chef, mais d'un guerrier courageux. Il en faut trente pour faire un bonnet de guerre. Un chef de tribu pourra n'avoir que quarante plumes et son meilleur guerrier quatre-vingts. Un adolescent n'est pas autorisé à porter une seule plume. Quant à ces petits groupes de combat que nous appelons des partis de guerre, n'y sont enrôlés que les volontaires.

— Comment se fait-il que beaucoup de tribus lakotas craignaient les Iroquois. Votre peuple était pourtant puissant, redouté par tous? fit Tobé.

— Ces guerriers sanguinaires ne songeaient qu'à anéantir les autres peuples. Ils ont, par exemple, traversé tout le continent pour aller combattre les Catawbas de Caroline, puis, sur leur lancée, les Creeks de Floride. Il faut dire que ces Iroquois, avec leur Ligue des Cinq Nations regroupant Mohawks, Cayugas, Onondagas, Oneidas et Senecas, puis, plus tard, vers 1722, les Tuscaroras de Floride, étaient assurément redoutables. Ils pouvaient rassembler de véritables armées, comptant parfois jusqu'à trois mille combattants, puissance leur permet-tant de vaincre les petites tribus ennemies au passage, mais aussi la destruction de grands peuples, comme les Eriés, en Pennsylvanie, vers 1654, pourtant eux aussi, de sang iroquois. La Confédération des Cinq Peuples écrasa les Ériés avec mille cinq cents hommes. Plus tard, ce fut au tour des Hurons, encore une fois, gens d'origine iroquoise, pratiquement anéantis par la Ligue des Cinq Nations.

— Parle-nous du costume des guerriers sur le chemin d'une bataille.

— Durant ses déplacements, l'homme utilise de vieux vêtements. Ça n'est qu'à l'instant du combat qu'il endosse sa tenue de guerre favorite. Il trace ensuite des signes magiques sur son visage et sur les flancs de son coursier favori. Il faut dire que l'homme part en guerre avec deux chevaux ; il monte quotidiennement la bête de moindre valeur, réservant pour l'attaque l'animal le plus fougueux. En terminant, le guerrier met la coiffure de guerre qu'il gardait soigneusement emballée dans une poche de cuir. Certains peuples, comme les Navajos, emmenaient même un chanteur afin d'attirer sur eux la bienveillance des esprits.

Tobé ouvre grands les yeux.

— Il devait leur falloir une éternité pour se préparer ?

— Parfois plusieurs heures. Les ennemis procédaient au même cérémonial.

— Le premier habillé attendait l'autre pour débuter les hostilités ? plaisante Tobé.

Hokshenah prend un air revêche.

— C'est exact. Tu as vécu parmi mes frères, Hassapah, marié une femme dakota, et tu ne connais toujours pas nos coutumes, ni vraiment notre langue.

— Là, tu y vas fort. Je parle couram…

— Comment dis-tu chaud ?

— Tay-CHA, voyons !

— Tu viens de dire pourri. Chaud, c'est TAY-cha, l'accent mis sur le premier mot. À présent, tête de bison.

— TAH-pah ?

— Cela signifie balle. Tête de…

— Compris. C'est tah-PAH.

— Il t'en reste pas mal à apprendre. Tiens, une chose qui va t'étonner. Le bouclier ! Celui qui en portait un pendant la bataille se trouvait paradoxalement plus en danger que l'homme qui se battait la poitrine découverte.

— Tu plaisantes ?

— Le bouclier du Dakota a la réputation d'être une bonne médecine pour repousser l'œil de la mort. Le faire consacrer par un Shaman après sa fabrication coûte au moins deux bons chevaux. C'est pourquoi les flèches ennemies rechercheront moins les guerriers qui n'en possèdent pas. Au bivouac, le bouclier ne doit jamais toucher le sol. À présent, dormons, je suis rompu. La mise au point avec cette vieille femme m'a…

Hokshenah n'a pas le temps d'en dire davantage, Naha-Ichon vient de lui jeter au visage une poignée de farine de maïs.

— Gaspillage ! se récrie-t-il.

Tobé tend la main vers son jeune ami.

— Merci, petit frère, pour l'histoire de ton peuple.

Hokshenah se pelotonne sous sa couverture ; le coyote se roule en boule contre lui.

Le petit convoi se trouve à quelques soleils du Canada, non loin de cette ligne imaginaire que le Blanc a tracée sur les plaines et les forêts pour parceller et vendre une terre qui n'appartient qu'au Créateur. Devant les trois compagnons, l'horizon lointain dessine une ligne de monts déchiquetés, semblables à des crocs monstrueux dévorant le ciel. Quelques temps encore, la moitié d'une lune peut-être, et ils seront en sécurité.

Une matinée douce débute, remplie de soleil. Le paysage qui les entoure paraît verdir chaque jour davantage. Porteur de senteurs épicées, arrachées par la brise aux plaines et aux forêts situées à dix horizons de distance, l'air vif est sillonné par de nombreux oiseaux que les trois amis ne connaissent pas, avec leurs cris et leurs parures multicolores qui les étonnent, les ravissent.

Devant leurs yeux éblouis, chaque nouvel horizon déroule un paysage différent, comme une histoire nouvelle qui leur serait contée ; les voyageurs sont ces fleurs sauvages qui s'épanouissent à mesure que grandit le soleil.

Les compagnons marchent en silence après la dure journée qui les a vus gravir plusieurs hautes collines, parcourir une vallée profonde et traverser un lac enfoui sous trois pieds de neige. Malgré les signes annonciateurs de printemps, l'hiver sévit toujours par endroit. L'air est saturé des odeurs étourdissantes d'humus et de souches pourries que libère le sol sous la neige fondante.

Naha-Ichon est la première à voir le bivouac des soldats à l'orée du bois : des tuniques bleues ! Un petit détachement du 7ème de cavalerie, l'ancien régiment du tristement célèbre colonel Armstrong Custer. Dans un enclos, elle compte neuf chevaux de monte et douze mules pour le bagage.

Bien entendu, la fuite s'impose. Ils se trouvent trop près de la délivrance pour sottement risquer leur vie.

— Contournons-les par le sud, propose la jeune fille.

Un point de vue que Tobé ne partage pas. L'Homme blanc doit payer le massacre de sa famille, mais aussi les souffrances sans nom que des milliers d'esclaves ont endurées, malheureux parfois jetés vivants aux requins, femmes et enfants compris, si d'aventure le bateau négrier rencontrait le bâtiment d'un pays abolitionniste. Les monstres faisaient disparaître les preuves !

— Imaginez le supplice de ces familles vendues à la pièce ou par lots, comme des portées de chiots... Ces femmes engrossées de force par des étalons noirs, leurs bébés à venir promis d'avance à quelque copain de beuverie du maître et qui étaient récupérés directement sur le ventre de la mère... Ces fillettes, enjeux de parties de cartes, volées, échangées contre des chevaux, et qui, toujours, servaient au plaisir de leurs propriétaires. Et tous les autres, pendus, écorchés vivants, émasculés. Par le Grand-Esprit !

À genoux, anéanti par l'émotion, la haine aussi, Tobé pleure sans retenue. Non, jamais il ne permettra que ces Wasichus regagnent en paix leur cantonnement. Hokshenah met la main sur son épaule.

— *Chinyeh*, « mon frère », si un peuple sur cette terre peut comprendre le tien, c'est assurément les Dakotas. Aux yeux des Blancs, nous sommes aussi une couleur, avant d'être des hommes. Ils nous jugent actuellement pour ce que nous sommes devenus à cause d'eux. Presque toutes les tribus ont tué des familles de pionniers, c'est vrai, mais l'envahisseur trouve plus simple d'en ignorer les raisons. Comme vous, en Afrique, nous étions tranquilles avant, sur notre terre...

Lorsque Tobé empoigne sa carabine et un arc cheyenne posés sur le traîneau, Hokshenah l'imite et le suit sans un mot, malgré les larmes silencieuses de sa compagne. Lui aussi a des morts à venger.

Naha-Ichon désapprouve le combat qui se prépare ; ses émotions en cette minute se résument à une seule crainte : voir couler le sang d'Hokshenah. L'action vengeresse que ses amis projettent la comble pourtant d'une joie sauvage qu'elle ne saurait exprimer tant elle est violente.

Les deux hommes s'éloignent. Leur plan d'attaque dressé en quelques mots, ils se séparent. Hokshenah s'embusque à proximité du campement, tandis que Tobé prend une position défensive sur ses arrières.

Le jeune garçon effectue son approche finale en rampant. Il ne se trouve qu'à une vingtaine de pas de la sentinelle postée près du corral. Un rictus tend ses traits. Le soldat est assis sur le tronc d'un arbre abattu par la foudre ; fusil sur les genoux, il somnole au milieu des tourbillons de neige légère.

Après ses massacres de femmes et d'enfants, Wasichu dort tranquille. Ne vient-il pas d'écraser au canon les derniers *sauvages* de ce pays, trois cent cinquante paysans sans défense.

L'adolescent vise soigneusement, tire sans trembler, ni marquer le moindre remords. Cela viendra sûrement, mais plus tard. La flèche s'enfonce dans la nuque du Wasichu, ressort au milieu de son front. Le garde meurt sans même un soupir ; son corps s'affale sur une corde de tension de la tente. La brusque vibration imprimée à la toile attire un jeune officier dehors. De sa bouche ouverte sur une remontrance envers le soldat maladroit jaillit un flot de sang tandis qu'une courte flèche cheyenne lui transperce la gorge.

L'homme tombe en hurlant. Quand retentit le cri d'alarme d'un autre officier, Hokshenah se trouve déjà loin, dissimulé en contrebas de la position de Tobé. Comme convenu avec ce dernier, le jeune homme abandonne son arc et utilise sa carabine pour abattre les premiers soldats qui se précipitent hors des tentes. Le temps que les Wasichus se pensent encerclés et se concertent sur la meilleure stratégie à adopter, le jeune homme a pu tirer deux fois du même endroit, se déplacer ensuite d'une vingtaine de pas, envoyer une nouvelle flèche et utiliser son fusil avant de changer à nouveau de place. De son côté, Tobé agit de la même manière, alternant tirs à l'arc et au fusil afin de donner aux soldats l'illusion de l'attaque d'un petit groupe d'assaillants.

Une tactique apache infaillible; deux autres tuniques bleues sont ainsi abattues. Il doit rester environ cinq hommes, si le nombre de chevaux s'avère un reflet fidèle de la force rassemblée ici. Hokshenah s'apprête à se retirer sur une position étudiée à l'avance avec Tobé, lorsque deux flèches, tirées coup sur coup, partent du côté opposé à leur position. Deux soldats sont touchés. Quelques détonations suivent, puis une autre flèche traverse l'espace devant la tente. Cette seconde attaque, tout à fait inattendue pour les deux compagnons, affole les soldats qui abandonnent leur abri et tentent de gagner ce qu'ils imaginent la sécurité du boisé. Une action insensée. Pour leur infortune, l'orée du bois est justement la position que Tobé et l'adolescent occupent. Ce sont de jeunes cavaliers, sûrement pas plus âgés qu'Hokshenah. Pas un seul n'en réchappe.

Tout est fini! Naha-Ichon rejoint ses deux compagnons, l'arc à la main, un colt passé dans sa ceinture de cuir. Son regard sombre brûle d'un éclat farouche. Elle est bouleversée, un peu confuse aussi, mais certaine d'avoir agi au mieux des circonstances. L'esprit des siens, enfin libéré, pouvait dès à présent rejoindre le Maître des choses. Hokshenah est sur le point de se fâcher. Elle vient de risquer sa vie, cette vie qui lui est devenue si chère. Il ne sait que tendre un bras vers elle, formant un creux sur sa poitrine où elle vient se blottir. Un sanglot roule dans sa gorge. L'adolescent serre fortement son épaule, sentant monter en lui l'envie de prononcer des mots fous, fous comme des «je t'aime»...

Ils vont ainsi enlacés jusqu'au traîneau... Hokshenah vacille. Le traîneau est vide!

L'enfant a disparu...

L'air malicieux de la jeune fille désamorce l'angoisse d'Hokshenah. Elle lève les yeux. Il suit son regard: le berceau est pendu à une branche de pin. Au pied de l'arbre, Sintaypoh, impassible, monte une garde vigilante, malgré le rat noir qui somnole impunément à trois pas de là.

Dans la matinée, Hokshenah et Tobé retournent au campement des soldats afin de récupérer carabines et munitions qu'ils comptent échanger au cours de leur voyage. Quatre soldats vivent encore. Tobé est d'avis de les achever, Hokshenah s'y oppose.

— Tu veux pas aussi les soigner? lance Tobé agressif. Ce sont des tueurs... ils doivent mourir.

— Et nous serions des anges?

— Oui, ceux de la vengeance.

Après une âpre discussion, les blessés sont abandonnés à eux-mêmes. Ils ont autant de chance de survivre que les Dakotas blessés de Wounded Knee, explique l'adolescent d'un ton rogue.

Les deux compagnons se hâtent. La tâche est déplaisante. Ils fouillent morts et blessés, récupérant le plus possible de munitions. Hokshenah en profite pour empocher quelques menus objets, tels une montre, un couteau à lames multiples et trois paquets de tabac blond à l'odeur de miel sauvage. À ces petits larcins, pourtant droits légitimes du vainqueur, Tobé refuse de participer, manifestant sa désapprobation à coups de longues phrases impatientes que l'adolescent ignore.

Soudain, les yeux d'Hokshenah se posent sur la veste de parade de l'officier supérieur, une belle tenue bleue, galonnée de jaune. Un éclat de plaisir furtif traverse son regard. Il s'en empare avec un cri, l'enfile par-dessus sa chemise de peau.

— Que fais-tu ? se récrie Tobé avec indignation. Comment oses-tu mettre l'habit de ce chien ? Il a probablement participé au...

— Réfléchis à ce que nous pourrons faire de ces vêtements.

Sourcils froncés, Tobé observe attentivement son camarade sans trop comprendre son but, il pressent une intention cachée.

— D'accord, Jeune-Frère, c'est quoi ton idée ?

Hokshenah hoche la tête, l'air faussement moqueur.

— Là, tu me déçois ! Voilà ! Nous prenons toutes les tenues que nous trouverons. Enrôler un petit groupe de ces guerriers qui ont suivi Sitting-Bull au Canada ne devrait pas être bien difficile. Ces vestes bleues sur le dos, nous approcherions sans peine des soldats en patrouille. Une attaque éclair et nous repasserions la frontière.

— Les Blancs ne sont pas stupides à ce point. Ils se feraient peut-être surprendre une fois ou deux, puis découvriraient le stratagème. Mais ton idée en vaut une autre...

Tobé s'agenouille près d'un blessé, casse sans ménagement, au ras de la poitrine, la flèche qui en émerge et lui ôte sa tunique bleue. Hokshenah se penche sur un autre soldat. Le soir tombe rapidement sur ce champ de mort, le Wounded Knee de l'armée, à plus petite échelle, sans femme ni enfant, mais un massacre tout de même. Cette patrouille frontalière ne demandait rien à personne. Qui sait même si un seul de ces soldats avait jamais tué un Dakota!

Et voilà que l'adolescent découvre une pochette de cuir au cou du lieutenant, un de ces petits sacs qui contiennent quelques objets sacrés généralement offerts par la jeune fille cheyenne à l'homme de ses pensées. Ce Blanc avait probablement épousé une femme de la Première Nation.

— *Echa h'dah woneyah*! Par l'Esprit! s'exclame Hokshena d'une voix brisée.

— Tu commences à me fatiguer avec tes états d'âme, grogne Tobé. Avant d'abattre ce type, il aurait peut-être fallu lui demander le nom de sa petite amie? La majorité des hommes devient l'ennemi de l'ours. Pourquoi? Parce qu'il ne le connaît pas. La bête est belle, racée, intelligente. L'homme en est jaloux.

Hokshenah lève les yeux au ciel en une mimique d'incompréhension.

— Où tu veux en venir?

— Dans une guerre, c'est pareil: l'homme détruira ce qu'il ne peut obtenir par le dialogue. Wasichu ne sait pas agir autrement. Je suis persuadé que dans deux ou trois semaines, un grand chef va rencontrer les survivants de Wounded Knee et leur proposer un autre de ces traités de paix ridicules dont il a le secret. Qu'ils refusent, et ce sera un autre massacre.

Hokshenah hausse les épaules et entasse les tuniques sur le traîneau. Tobé se charge de tirer le bagage. Les trois amis s'éloignent, le cœur en proie à de singulières émotions. Pris séparément, chacun d'eux retournerait soigner les blessés. Ensemble, ils en sont incapables. Ils doivent préserver leur image, sauver les apparences. Ils s'y accrochent avec une sorte de fureur, persuadés que le pardon n'appartient qu'aux dieux…

En cette minute tragique, si proche de Wounded Knee, ils s'imaginent à tort que venir en aide à ces malheureux signifierait trahir la mémoire des gens assassinés de leur village. Ce serait une autre manière de baisser les bras, une façon d'accepter, sans rébellion, la conduite incohérente de Wasichu. Le mot vengeance qui hurle en chacune de leurs pensées constitue l'excuse suprême, facile, la plus aisément acceptable. Cette indifférence forcée envers les soldats vaincus ne sert qu'à les rassurer, à renforcer la haine qui grandit en eux. Pourtant, il y avait ce jeune soldat… Dans son petit sac de cuir ouvragé à la mode cheyenne, Hokshenah avait trouvé une mèche de cheveux noirs…

Chapitre 5

La nuit suivante, Hokshenah, l'esprit tourmenté, ne peut trouver le sommeil. Il profite du repos de ses compagnons pour s'éloigner du campement. Il a grand besoin de méditer sur la vie, tenter de se retrouver. Sintaypoh l'accompagne. Ils vont dans la montagne durant le temps que la lune met à parcourir la grosseur d'un poing au bout du bras tendu, lorsque soudain... *Wondee honwe apah*! Un aigle royal glisse sur le cercle argenté de l'astre nocturne. Hokshenah s'immobilise, stupéfait, tremblant de reconnaissance envers les dieux qui lui permettent d'assister à semblable phénomène. Ce grand oiseau diurne traversant la nuit, jamais l'adolescent ne l'aurait cru possible. Ce messager de Wakan-Tanka est un augure.

Le jeune garçon comprend que l'instant est venu pour lui de s'abandonner à des forces supérieures. Il doit aller vers le Maître céleste à la recherche d'une vision.

À un détour du sentier, dans une paroi granitique, une anfractuosité épargnée par la neige attire son regard. Il s'y glisse avec un plaisir mêlé d'appréhension. Jamais encore il n'a prié pour une quête de cette importance.

La cavité orientée en direction de *Wiyohi-Yapata*, «l'endroit d'où le soleil se lève», lui permet de suivre la course de *Honwe-Apah*, «l'astre blanc» de la nuit. Le coyote se faufile derrière lui et se couche. Hokshenah entonne une litanie à l'accent rauque apprise de son père, une mélodie fluide qui allègera son esprit, le soustraira aux exigences terrestres, le libérant de l'émotion négative qu'est la vanité. L'adolescent se présente dans la plus profonde humilité au Père vénérable. Ce chant, issu de la nuit des temps, l'unit à l'Énergie céleste. Le jeune homme chante doucement, transporté par des sensations singulières qu'il ne se savait pas capable d'éprouver. Les mots de sa chanson se parent de sonorités étranges. Des mots qu'il n'a jamais appris lui viennent tout naturellement aux lèvres. Dès qu'il les sent vibrer dans sa gorge, il les prononce, comme malgré lui. Il s'engourdit, mais le froid vif n'est pas en cause; sa chair brûle de fièvre. Une paix totale descend sur lui, irradie une douceur bienfaisante dans son corps. Le cœur bat plus fort, plus vite, faisant courir le sang dans ses veines en un flot impétueux.

L'esprit de l'adolescent se détache des choses matérielles qui composent le décor environnant.

Hokshenah flotte paisiblement auprès du Maître des choses, si proche de la vie, entre elle et la mort. Une langueur s'empare de son être, sorte de surprenant sommeil hypnotique. Derrière ses paupières alourdies par un vertige, se déroule une sarabande effrénée de lumières et de ténèbres, dualité immuable entre ce qui fut et ce qui est, l'appel de la vie et celui de l'au-delà...

Le sol se dérobe sous le corps d'Hokshenah ; la paroi rocheuse sur laquelle il s'appuie se déforme... Il s'enfonce, à demi inconscient, dans les entrailles d'*Unci-Maka*, « Petite-Mère-Terre », se retrouvant à l'entrée d'une grotte sombre, humide et froide, qui lui met l'appréhension dans la tête.

Il ne tarde pas à reconnaître les lieux grâce à la description qu'en faisaient les anciens de son village. Hokshenah vient de pénétrer dans le domaine de *Wakon chechateh*, le « Maître des choses du mal ».

Hokshenah ne comprend pas cette incohérence. Alors qu'il recherche la lumière des choses justes, Wakan-Tanka lui montre la noirceur de l'âme humaine. La grotte maléfique s'estompe, disparaît, au grand soulagement du jeune homme. Il s'engage dans un bois de mélèzes. Un loup gris, majestueux, l'approche à petits pas. Hokshenah tend la main vers la tête de l'animal. Il n'éprouve pas de crainte. Les loups n'attaquent jamais l'homme. La bête ne se dérobe pas à la caresse. Le lourd panache de sa queue s'agite mollement. Le jeune garçon lui parle de sa quête. Il raconte ses parents morts, sa race anéantie par la folie d'un peuple au visage clair... Il parle aussi de ce Wasichu à veste bleue qui portait le gage d'amour d'une femme cheyenne.

L'animal pose sur Hokshenah un regard si intense que le jeune homme sent la force du prédateur le pénétrer jusqu'à l'âme. Ainsi, en entrant dans le domaine des songes, l'adolescent s'imprègne-t-il de *Taku wakankin*, les « profondes connaissances spirituelles ».

— Dorénavant, tu devras combattre avec les mots pour toute arme, dit le loup.

— Tendre la main à l'ennemi ? Parler de paix sur les lieux des grandes batailles ? se récrie le jeune homme, gorge nouée par l'indignation. Absurdité, maître loup ! Le guerrier combat la flèche par la flèche. Il arrête le feu de l'ouest en allumant un feu à l'est...

— Pas nécessairement, réplique le loup, ses yeux fendus lançant des lueurs vertes. L'homme persécute ma race depuis toujours, et pourtant, pas une seule fois de toute l'histoire de ce continent nous n'avons attaqué un être humain. Malgré toute la cruauté déchaînée contre lui, le loup ignore la vengeance. Il s'écarte à l'approche de son tourmenteur.

— Nous n'avons pas le droit d'accepter sans lutte ce qui est injuste.

— Tu dois tenter de comprendre les motifs de celui qui fait le mal. Nous payons les peurs du Blanc. Il détruit depuis toujours ce qu'il ne comprend pas, ce qu'il ne peut posséder. L'Homme rouge devra gagner sa cause avec son intelligence et beaucoup de patience.

— Si Wasichu n'arrête pas ses incohérences, il aura bientôt détruit tous les petits peuples, éliminé la faune de la planète, comme il l'a fait avec le bison, le castor, l'ours et le loup... Pareille à la femme maltraitée, la terre deviendra stérile. L'Homme disparaîtra.

— Jamais Petite-Mère-Terre ne laissera se produire un tel sacrilège. Elle se révoltera.

— Ô, frère loup! Me faut-il à présent recouvrir mon cœur du voile bleu de la défaite?

— Cette couleur dakota pour la tristesse est aussi celle des rivières et de l'espace que parcourt l'aigle pour rejoindre le Grand-Esprit.

— Et l'avenir des Dakotas? demande encore le jeune homme.

À cet instant prend forme en son esprit le visage de son amie.

— Oui, Naha-Ichon, dit le loup. En ce monde bouleversé par l'homme, seule la femme possède assez de sensibilité pour aider Petite-Mère-Terre à survivre.

Dans les yeux du loup brille une lueur triste, sorte de fatalisme.

Le vent se lève alentour. Hokshenah frissonne. La silhouette de l'animal fantastique se dissipe. Celle de Naha-Ichon la remplace.

À cet instant, Hokshenah «voit» un homme traverser une rivière étroite et s'élancer vers un groupe de Dakotas. À son côté court un petit coyote. Hokshenah frémit: cet homme vêtu de bleu, c'est lui! Le jeune homme tourne son regard vers le ciel. Les nuages chargés de neige qui l'obscurcissaient plus tôt se sont dispersés. La voûte céleste est d'un bleu transparent.

— *Pilamaya-Tunkasila*! «Merci Grand-Père Céleste!»

Lorsque l'esprit d'Hokshenah est de retour, le soleil matinal se fraie difficilement un passage à travers la brume qui recouvre la terre. Le jeune homme se sent bien. Il connaît sans erreur possible l'orientation nouvelle que doit emprunter sa vie.

Il reprend le sentier vers la vallée. Chemin faisant, il retrouve les mots que chantait sa mère sur son berceau pour chasser les démons qui auraient pu hanter ses rêves.

Derrière le garçon, Sintaypoh s'enfonce jusqu'au poitrail dans la neige épaisse avec des grognements d'impatience.

— *Eh-yah-yah, shecha des'denah tehze*! Mauvais petit ventru.

Hokshenah éclate de rire.

Dès qu'ils aperçoivent Hokshenah, Naha-Ichon et Tobé se précipitent, assurément courroucés, inquiets de cette absence prolongée et non motivée. «Je me suis recueilli dans la montagne», les renseigne l'adolescent sans pousser plus avant l'explication. Mais ses yeux ne trompent pas. Il a reçu une heureuse vision. Aussi ses deux amis font-ils taire leur curiosité, allant même jusqu'à ignorer leur jeune compagnon. Le questionner sur sa vision risquerait de la faire échouer. Lui seul, à son heure, pourra en dévoiler le secret sans danger. Naha-Ichon et Tobé restent sur leur impatience tout au long de la journée de marche.

Ce n'est qu'à l'heure où le soir les réunit autour d'une carbonnade de chevreuil aromatisée aux herbes forestières, que Tobé, n'y tenant plus, interroge son ami.

— Hokshe...

Il ne peut poursuivre, la main vivement dressée du jeune garçon lui impose silence.

— Je ne suis plus Hokshenah ! Dorénavant, ce nom est le tien.

Tobé est pétrifié. Il n'ignore pas l'importance d'un tel honneur. En général, le père donne son propre nom au fils qu'il préfère. Cela signifie que le donateur d'un tel cadeau s'appellera désormais le « Sans-Nom », ce que Tobé ne peut tolérer.

— Voyons... c'est trop... que signifie...

Hokshenah émet un rire amusé.

— Ne crains rien, *Chin-Yeh*. J'en ai un autre. Je deviens *Shoung tokcha ska*. « Loup-Blanc » !

— Dans ma langue, c'est *Okum-Harket*... « Petit-Loup », intervient Naha-Ichon afin de faire dévier le cours de la conversation. Grand étranger bavard, ajoute-t-elle en lançant un regard furieux à

Tobé, apprends donc qu'on ne questionne jamais le détenteur d'un songe magique. C'est manquer de respect envers Wakan-Tanka. L'Esprit, courroucé, peut faire rater la vision.

— *Ohwon yahkay washday*, Naha-Ichon...

— Pas de flatteries! Tu as voulu demander, c'est pareil.

— J'ai à peine prononcé son nom quand il m'a interrompu.

— C'est l'intention qui compte et...

— Mes amis! Pas de fâcherie à cause de moi. Je veux que vous partagiez ma vision. Elle nous promet la liberté. Mais surtout, elle conduit Tobé... Ah, oserai-je le dire?

Tobé se redresse, une lueur de grand intérêt dans le regard.

— Ta vision parle de... de moi?

Le brave homme, absorbé par son plaisir, ne remarque pas l'air malicieux qui transforme imperceptiblement les traits de son jeune ami, les adoucissant.

— Et... elle me mène où ça, ta vision?

— À la cérémonie sacrée *Inipi*.

— Hey hey! Tu es malade!

— Non, Grand-Frère, ce sera la vapeur chaude d'une hutte de purification.

Tobé ouvre de grands yeux.

— Un bain de vapeur, moi? Tu m'as regardé, dis?

— Je t'ai surtout senti. Un décrassage en profondeur ne te fera pas de mal.

— Je sais Hokshenah… je ne me lave pas souvent… mais… j'ai ma pudeur. Avec une femme dans la maison… ben, j'ose pas.

— Tu n'as jamais pensé à lui demander de sortir ? De plus, tu sembles oublier que dorénavant, Hokshenah, c'est toi !

— Comme si on n'avait pas assez de complications en ce moment. On ne peut pas attendre un peu pour changer de nom ? Cette hutte à sudation… me faire ça ! D'abord pourquoi j'aurais besoin de me purifier ?

Hokshenah sourit.

— Tu n'oserais pas te moquer de nos coutumes tribales ?

— Bien sûr que non. J'aime ton peuple, pas besoin de le répéter. Mais toi, vas-y, prie et mijote dans ton jus. Je te tiendrai compagnie… devant l'entrée. Je chanterai même. Parce que cette trans-piration forcée… j'y suis passé une fois. Suffit !

— En quelle occasion ?

Tobé serre les poings, ses mâchoires frémissent.

Durant cet échange de propos plus ou moins sarcastiques, Naha-Ichon s'est rapprochée des deux hommes. Elle les observe avec un intérêt croissant. Un événement important se prépare. Elle en a le pressentiment.

— Pardonne-moi de te rappeler cet épisode de ta vie, Tobé, mais si tu as connu la hutte à sudation, ce fut le jour de tes épousailles. Dans cette hutte, souviens-toi, n'y avait-il pas tes garçons d'honneur ?

Naha-Ichon regarde Hokshenah avec des yeux brillants d'émotion. Elle vient de comprendre.

— Hokshy... tu... je ne...

Et Tobé laisse éclater un gigantesque rire.

—Diable de surprise, pour toi aussi, *Weenyonpeh owon yahkay wachtay*? «Petite-Femme-Jolie». Y'a comme qui dirait une séance de transpiration qui m'attend à cause de vous. Au fait, cette gentille demoiselle pense quoi de cette demande?

La voix rauque de la jeune fille émeut les deux hommes.

— Il le sait bien, ce petit fou... il le sait, que je l'aime.

Et, rouge de confusion, l'adolescente se lève d'une détente, pose le bébé sur les genoux de Tobé et sort précipitamment. Durant quelques instants, les deux hommes se dévisagent en silence.

— Mais dis-moi, p'tit malin, si c'est toi le marié, pourquoi je devrais aussi me purifier? À y bien réfléchir, dans ma hutte à sudation, il n'y avait pas de garçon d'honneur comme tu le dis, juste le Chaman qui... Oh non, pas ça!

— Si, grand malin, puisqu'il n'y a pas d'homme-médecine dans les parages pour nous marier. Ce sera toi!

— Je n'en ai aucun droit, nom de nom!

— Bien au contraire. Et je cite la parole ancienne «Un homme juste et propre... je veux dire en son cœur, pas ses caleçons, cet homme, proche de Wakan...

— Je ne pourrais pas faire ça... sans... heu... transpirer?

— Oublies-tu encore que chaque sacrifice dakota se fait...

— *Mitakuyé-Oyas'in*, «au nom de tous les miens», je sais.

— À la bonne heure. Nos valeurs te reviennent en mémoire.

— Moi, vous marier? Ah bah ça... ah bah ça... ah...

— Je ne te demande pas de chanter, mais de dire oui.

— Quand?

— Tout de suite!

Tobé passe la tête à l'extérieur. Naha-Ichon est assise à proximité, sur une épinette renversée par le vent, regard perdu vers la cime des pins coiffant la colline. Machinalement, Tobé l'imite. Il découvre un aigle doré remuant doucement ses ailes afin de conserver son équilibre au milieu des courtes rafales qui bousculent son perchoir. L'homme détaille un instant le beau visage de l'adolescente rayonnant de bonheur. Il en est remué jusqu'au tréfonds de l'âme.

La hutte, faite de douze poteaux de bouleau, faute de saule, l'élément sacré, est couverte de branches feuillues, de terre et de peaux. L'entrée, comme celle des tipis, fait face à l'est, là d'où vient le soleil porteur de vie. Une fois les hommes à l'intérieur, la porte ainsi que les moindres ouvertures sont calfeutrées par la jeune fille qui s'occupe du feu situé à l'ouest. En cherchant l'emplacement adéquat pour la cérémonie *Inipi*, les compagnons ont eu la chance de trouver des pierres volcaniques : les meilleures pour le but recherché. Elles sont légères, leur porosité retient parfaitement la chaleur, et surtout, elles ne risquent pas d'éclater dans le foyer en blessant la personne qui l'entretient. Tobé et Hokshenah en avaient rapporté quatorze, le nombre recommandé. Pendant que les sept premières sont placées au cœur des flammes, les autres dispensent leur chaleur dans la cavité creusée au centre de la hutte. La terre extraite pour faire ce trou, empilée à trois pas de l'entrée, figure la colline des visions.

À l'intérieur de la hutte, les deux hommes, totalement nus, sont assis, les jambes croisées. Ils peuvent à peine bouger tant la construction est exiguë. Ce n'en est que mieux : l'air chauffe plus vite. Le temps d'une courte prière suffit à rendre l'atmosphère quasi irrespirable.

— Pour te dire la vérité, Hokshenah... je ne ferais pas ça tous les jours !

— Estime-toi heureux. En général, la sudation prépare aussi à *Wiwanyag-Wachipi* !

— « La danse du regard vers le soleil », je connais.

Tobé avait déjà assisté à la fameuse « danse du soleil », un acte de grand courage. C'est au cours de ce sacrifice que les jeunes autochtones devenaient des hommes et se faisaient couper un doigt.

— Sais-tu que l'origine de cette danse est une vision de Kablaya, un homme-médecine, qui l'avait reçue de la Jeune-Fille-Bison-Blanc dans une semblable cabine de branchages? Mais au fait, pourquoi acceptes-tu cette épreuve? Tu pouvais refuser.

— Par amitié, Hokshenah. Nous nous retrouvons à un même niveau de pensée...

— Prions, *Chin-yeh*.

— Hau! *Soonkah*!

La prière, litanie envoûtante, gronde dans leurs gorges comme un galop de bisons, leur faisant un peu oublier cette vapeur brûlante qui les assaille. Alors, les *Wakiyans*, «êtres de tonnerre», étendent leurs mains protectrices sur ce lieu sacré.

Naha-Ichon manifeste sa présence en remuant la paroi de peau de la hutte. Elle passe aux hommes les pierres brûlantes dans un chaudron de fonte, par une ouverture pratiquée au ras du sol qu'elle recouvre aussitôt. Tobé ôte les rocs refroidis, saisit les autres avec la petite fourche d'un andouiller de cerf et les installe dans le trou. Hokshenah les touche respectueusement du bout de la pipe sacrée, puis les couvre d'une poignée de neige.

— *Hecetu*! C'est bien.

— *Hau*! *Waste*.

— Que les *Wakiyans* nous protègent, ajoute Tobé comme il convient.

— *Tunkasila onsimala yé*! «Grand-Père, aie pitié de moi!».

— Au nom de *Wiconi*... la Vie!

Ils fument. Par une prière humble et sincère, ils se sont rapprochés du Maître des choses. Les yeux de Tobé se ferment.

À présent, lui aussi, il connaît une partie du grand secret...

La jeune fille pratique une ouverture dans la hutte qui laisse aussitôt échapper un flot de vapeur puis elle s'éloigne, lançant quelques boutades par-dessus son épaule. Elle n'oublie pas que les hommes sont nus. Riant, Hokshenah passe le buste par l'ouverture.

— Cache-toi... sacrée coquine!

La tête crépue de Tobé apparaît à son tour.

— Oublie pas, *Tonkche ohwon yahkay wachtay*, «ma-sœur-qui-est-jolie», t'es une femme *Dzitsitsa*. Chez vous, on ne regarde rien tant qu'on n'est pas marié!

S'esclaffant et chahutant, les deux amis s'élancent hors de la hutte, dans un froid arctique qui fait éclater l'arbre et la roche avec la même aisance. Leurs corps ruisselants de transpiration sont entourés d'une vapeur tremblotante qui leur donne l'apparence d'êtres fabuleux. Ils luttent et se roulent dans la neige avec des cris de plaisir. Autour d'eux, l'air sec semble porteur de tous les mystères de la création.

Un peu plus loin, Naha-Ichon, tout émoustillée par le spectacle, les contemple avec amusement.

La neige tombe à gros flocons. Hokshenah et Tobé sont face à face, visage impassible, presque solennel. Leurs regards se pénètrent, leurs émotions se mêlent. Ils sont frères. La prière les a mis en présence de Wakan-Tanka, mais surtout d'eux-mêmes. Les tragédies ayant marqué leur existence devenaient le point de départ d'un monde nouveau qui ne connaîtrait plus ces incohérences durant lesquelles l'homme tue l'homme.

Le soleil est planté haut dans le ciel lorsque les trois compagnons se réunissent pour la cérémonie du mariage. Ils se tiennent agenouillés autour du feu qui a chauffé les pierres de la hutte. Chacun porte un vêtement récupéré à Wounded Knee, en signe de respect pour les victimes. Ainsi, leurs âmes tourmentées participent à l'heureux événement qui voit l'homme s'unir à la femme.

Tobé observe ses amis, le cœur serré. Naha-Ichon est si jolie avec ses yeux remplis d'amour et de douceur. Nul doute que semblable épouse à ses côtés, la vie quotidienne d'Hokshenah ressemblera à *Woweyu ch'kin mahkochay*, le « paradis » !

La cérémonie s'achève. Ils ont prié, puis chanté ensemble. Tobé réunit dans sa main celles des fiancés. Et voilà que son rôle fantastique lui apparaît dans toute son ampleur. Il célèbre un mariage, lui! Que Wakan-Tanka en soit loué! Tristesse et joie mêlées lui nouent douloureusement la gorge. Tobé fait ici son plus grand sacrifice à l'amour: durant toute la cérémonie, son épouse martyrisée ne l'a pas quitté.

— Que... que *Wakan-Tanka, Wakiyan unkee yehah nahke k'skin*... «le Maître des choses» vous donne... heu, qu'il vous protège. Bah, ça...j'ai oublié les mots!

— *Chayke yahekdah onpahoh wechon h'peh*!

— Oui, prions à l'étoile du matin!

Et Tobé lance un grand cri.

— Yeh! Vous êtes des époux! *Ehyahyah kahgah chont'kin ya*!

À ces mots, Hokshenah éclate de rire bruyamment, tandis que sa jeune épouse lève les yeux au ciel, visage écarlate d'embarras.

— Quoi... Y'aurait quelque chose qui ne va pas? s'inquiète Tobé. J'ai juste dit...

— ...d'aller faire l'amour, poursuit Hokshenah en riant de plus bel.

À ce moment, venant atténuer un peu la gêne de Naha-Ichon, un fracas se fait entendre sous le tipi et, tout aussitôt, rat noir et coyote bondissent à l'extérieur, couinant et glapissant à l'envi.

Les amis suivent un instant leurs ébats du regard. C'est alors qu'entre les deux animaux les évènements prennent une autre tournure. *Sintehch'dah*, le rat, qui tente de fuir, s'enfonce dans la neige molle, trop profondément pour être capable d'échapper à son poursuivant. Ses efforts pour s'extirper du trou demeurent vains. Cette fois, il est pris. Devant cette victoire inattendue et si facile, Sintaypoh s'arrête, corps arqué, indécis, comme si l'idée d'attraper le rat vient de l'abandonner d'un coup. La scène se fige, les deux bêtes quasiment nez à nez. Mangeant chaque jour à sa faim, Sintaypoh ne sait plus que faire devant ce modeste rongeur tremblant d'effroi. Il se penche vers lui, le flaire à petits coups d'une truffe frémissante, puis s'allonge à côté avec un grognement satisfait. Alors, le rat agrippe une patte du coyote, se tire de la neige et grimpe timidement sur le dos de son vieil adversaire. Là, il se fait un nid douillet dans l'épaisse fourrure et se couche. Le coyote bâille et s'endort, le rat blotti entre ses épaules.

Tobé en reste abasourdi.

— Un prédateur, c'est ça ! conclut Naha-Ichon. Il chasse avec raison. Aucun animal n'en massacre d'autres simplement pour s'amuser, à part l'homme. Quel plaisir peut-on prendre à égorger la plus jolie bête d'une meute pour en faire admirer le cadavre à ses amis ? Dans les Montagnes noires, à Rapid-City, il y a un musée rempli de ces horribles trophées. Le propriétaire a osé l'appeler *The Call of the Wild*, « L'appel de la vie sauvage ».

La jeune femme ajoute quelques branches dans le foyer et s'installe confortablement, le dos appuyé contre le tronc d'un sapin. Un corbeau géant se pose en croassant sur un peuplier mort, à quelques pas du bivouac. Naha-Ichon frissonne, sans véritable raison. La sombre parure de l'oiseau sur cet arbre sans vie, inexplicablement, lui fait mal jusqu'à l'âme, comme s'il symbolisait un mauvais présage. Elle prend l'Enfant-Amour entre ses bras et la berce en chantonnant à son oreille une comptine qui parle de fleurs multicolores. Cette petite vie qui s'agite en gazouillant sur sa poitrine, la rassure un peu. Comme elle aimerait qu'en cet instant Tobé soit loin d'ici ; car une prémonition surgie de son inconscient vient de jeter crainte et désespoir en son esprit. Naha-Ichon a peur, à tel point qu'elle éprouve un besoin de vraie tendresse, celle d'Hokshenah, son époux.

Alors, pour échapper au malaise qui l'ébranle, elle ne sait que réclamer la suite du Compte des hivers.

— Parle-nous des arbres, Hokshenah, murmure-t-elle d'une voix tremblante.

Hokshenah sourit, peu conscient du trouble qui habite sa jeune épouse.

— L'arbre est important. Par exemple, on appelle le peuplier dressé au milieu de la hutte pour la Danse du soleil, *une personne debout avec une âme*. Cet arbre sacré est « capturé et tué » par cinq guerriers, puis rapporté au village sans qu'il touche le sol, c'est important.

— Cette fameuse Danse du Soleil. Une prière plutôt cruelle, lance Tobé.

— Wasichu l'a mise hors la loi avant que j'aie eu la chance d'y participer, mais j'affirme que la cérémonie est belle, chaque douleur étant un hommage au futur guerrier. Durant cette imploration aux dieux, la chair doit souffrir. Elle représente l'ignorance. L'âme seule est transcendante.

— Petit-Frère... l'autre jour, tu as parlé de la coiffe du Chien-Soldat qui avait gagné ses plumes une à une. Pourtant, j'ai vu partir au combat un tout jeune homme d'à peine seize hivers qui portait un panache complet : trente-deux plumes ! et ça, après seulement deux batailles. Ne me dis pas qu'en si peu de temps il a pu...

— ...toucher ou tuer tant d'adversaires ? Bien sûr que non. Premièrement, le jeune homme qui accompagne ses aînés au combat n'y participe jamais. À moins que la bande ne tombe en embuscade. Là, évidement, il devra se défendre. En général, il garde les chevaux, fait les corvées du bivouac, et surtout, observe les combattants. Il fait son apprentissage, rien de plus.

— Mais alors, ce pana...

— Laisse-moi finir. Ce jeune, tu l'as revu après ce jour ?

— Étrange que tu dises ça. Maintenant que j'y pense, non, il n'est pas revenu. J'ai pensé qu'il avait changé de village!

— Le malheureux est probablement mort. Voir quelqu'un porter des plumes qu'il n'a pas gagnées au combat peut signifier deux choses assez déplaisantes. Dans le cas d'un adulte, celui-ci a pu faire preuve de lâcheté. Alors, la mère d'un guerrier mort bravement, lui offrira, par dérision, les plumes de son fils. Si le lâche les refuse, il est banni à jamais du village. S'il les accepte, il doit partir seul et ne revenir qu'avec la preuve d'un grand exploit.

On verra aussi deux familles en désaccord présenter un bonnet complet au plus jeune fils de l'adversaire. Prouver à douze ou treize ans qu'il est un guerrier courageux? Allons donc! C'est presque à chaque fois pour l'enfant une condamnation à mort. Il a la possibilité de refuser le redoutable défi, mais quel Dakota digne de ce nom tournera le dos à une bataille? Ses proches le réconforteront, prendront le deuil. Les femmes se couperont la première phalange du petit doigt de la main gauche, on pleurera beaucoup et on priera tout autant. Enfin, la veille de son départ en expédition de guerre, on fera rôtir le plus gros chien du village. Souvent, avant même la fin de cette journée, les parents fâchés regretteront leur geste, mais il sera trop tard pour reculer. Leurs enfants sont perdus d'avance.

— Tu as dit du… du chien, une bête si fidèle ?

— Tous les Dakotas en mangent, comme les Dzitsitsas, et aussi ces gens aux yeux tirés vers les tempes qui viennent d'Asie, ou encore ceux du Grand Nord canadien. J'avais un chien quand j'étais un Enfant-sans-nom. Il était mon ami. Un jour, les anciens ont fait une «danse du chien», avant une guerre, et les hommes ont sacrifié mon compagnon. J'ai tellement pleuré. Les danseurs allaient à tour de rôle cracher sur le cœur et le foie du chien pendu à un poteau. Ensuite, ils en mangeaient une bouchée, crue : ça représentait l'ennemi qu'ils allaient déchirer des griffes et des crocs. Ce qui demeurait ensuite de mon infortuné compagnon fut transporté de la bouche du danseur à celle des joueurs de tambours qui n'avaient pas le droit de bouger. Jamais je n'ai mangé de chien.

— Et si on changeait de sujet, Soon-Kah ?

Hokshenah hoche la tête affirmativement.

— On pourrait par exemple parler d'un couple de jeunes mariés qui aimeraient que leur compagnon bavard aille se perdre dans la tempête pour leur permettre de…

— Voyons Hokshy, que dis-tu comme bêtise, intervient Naha-Ichon. Reste, Tobé, reste donc ! s'énerve la jeune femme, rouge de confusion, à la pensée que leur compagnon ne s'éloignerait que pour la laisser «jouer sous la couverture» avec son mari.

Mais Tobé a déjà empoigné une carabine et s'est éloigné à grandes enjambées dans la neige épaisse du sous-bois. Restés seuls, Hokshenah regarde son épouse avec un embarras si visible qu'elle retrouve un peu de son défaillant courage. Ils sont donc tous les deux sur un pied d'égalité. Une chose que le garçon confirme avec une désarmante naïveté.

— Je...tu sais, Naha... ne te moque pas... mais je ne suis pas très expert...

Elle tend la main vers lui.

— Moi non plus. Apprenons ensemble.

Chapitre 6

Les trois compagnons se mettent en marche avant que le soleil n'ait effleuré le sommet des montagnes. Ils sont dans un état de tension extrême. Les choses se présentent mal. Depuis trois jours déjà, une douzaine de guerriers crows ainsi qu'un détachement de cavalerie les poursuivent. Ils se trouvent à peine à une demi-journée de marche des fugitifs.

Les voyageurs ont pleinement conscience de la précarité de leur situation. La fatigue accumulée en chacun de leurs muscles, ajoutée à cette lassitude qui parfois semble les anéantir, tout indique la fin du voyage. Ils ne trouvent déjà plus en eux l'énergie nécessaire à maintenir le train soutenu de la fuite.

Devront-ils faire face à leurs poursuivants ou affronter les soldats qui gardent la frontière ? Tobé s'éloigne seul afin de reconnaître la montagne à la recherche d'un passage d'accès facile vers le

Canada. Il revient deux jours plus tard avec de bonnes nouvelles. Il existe un défilé rocheux dissimulé derrière un bois de pins appuyé au flanc d'un canyon vertigineux.

Cette fois, les choses semblent évoluer à leur avantage. La jeune femme est heureuse, presque sereine. Elle ouvre les bras, Hokshenah s'y blottit, luttant contre ses larmes. Ils ont réussi! Il n'existe plus d'obstacle entre eux et le Canada, eux et la liberté...

Cette nuit-là, ils campent à proximité de la ligne imaginaire qui divise les terres nordiques. Réunis autour du feu où brûle le bois sans fumée, ils boivent en silence une décoction chaude d'écorces et d'herbes à l'arôme délicat. Le silence flotte, léger, sur le petit groupe. Les gestes lents, paisibles, leurs yeux brillants des seules larmes de la joie, se passent des phrases.

Les ombres de leur bivouac, démesurément grandies au cœur de la nuit, s'agitent sur les parois d'arbres du décor montagnard. De temps à autre, le hurlement d'un loup vient mettre la joie au cœur d'Hokshenah. Autour d'eux existent tant de raisons au bonheur: la forêt avec sa vie luxuriante, sa faune magnifique, ses odeurs...

Après deux siècles d'errance, un Dakota retrouvait le cadre de ses origines. Ici, avec Naha-Ichon, ils feront revivre les vieux récits des ancêtres. En ce pays de liberté, une nouvelle race de Dakotas verra le jour.

— Tobé... ce paysage grandiose est propice à tous nos espoirs, murmure-t-il.

Hokshenah sait bien que si l'homme est heureux à Kanata, la bête par contre y souffre plus que partout ailleurs. *Shoong-Tokska, Mahtoh, Sh'keh chatonka*, loups, ours et gloutons ne représentent que des fourrures monnayables pour les trappeurs. Avant l'arrivée du Blanc, le Natif respectait l'animal. À présent...

Tobé détourne la tête pour ne pas avoir à répondre. Il suffit pourtant de peu pour sauver Petite-Mère-Terre, bien peu en vérité. À nouveau, un loup fait entendre sa complainte nostalgique, riche de ces émotions qui encombrent le cœur de ceux qui souffrent. Tobé serre les poings. Loups, Natifs et Noirs ont subi de semblables injustices. Sa mère disait que le hurlement des loups était capable de communiquer aux hommes une grande variété de sentiments, à cause justement du calvaire qu'on leur fait subir. Le cœur malheureux est capable de conter d'admirables choses, de trouver en lui des trésors d'amour et de paix, au-delà des mots, des faiblesses humaines.

Ils s'engageaient dans le défilé que Tobé avait reconnu plus tôt lorsque leur cœur éprouva une angoisse qui les anéantit.

Devant eux, un village de vingt maisons en planches et en rondins. Une seule rue, étroite, les habitations bien alignées de chaque côté. En avant, un lac immense, et plus loin, majestueux, *Konshe mahkohshe*, la « terre de l'homme libre », Kanata. Mais avant, juste avant, un petit poste de soldats américains contrôle le va-et-vient entre les deux pays.

Que faire ? Ils seront pris s'ils poursuivent leur chemin.

— Trouvons un autre passage dans la montagne, propose Hokshenah.

Tobé n'est pas d'accord.

— Ce serait trop long. Ailleurs, avec la neige et la glace, cette montagne sera infranchissable. Elle est de plus coupée de ravins sur au moins cinquante milles. Nos poursuivants n'auraient aucun mal à nous y acculer. Ici, derrière ce poste, se trouve le goulet dont je vous ai parlé.

— Passons carrément dans cette rue sans nous arrêter, émit Naha-Ichon.

Un risque insensé. Ils le prennent.

Au centre du village, ils assistent à un de ces jugements expéditifs, si caractéristiques des rudes contrées de montagnes, rendues encore plus intransigeantes par le statut de ville frontière.

La « cour de justice » se tient dans la rue. Les quatre *juges*, assurément des personnalités de l'endroit : épicier, coiffeur, shérif et boulanger, facilement identifiables à une particularité vestimentaire, écoutent attentivement la déposition des plaignants. Dans la première cause, une

Iroquoise de douze ans s'est fait molester à mort par une bande de fermiers ivres. Son père, qui tentait de lui venir en aide, avait été abattu par les agresseurs. Sentence : accusés relaxés pour faute de preuves.

La seconde affaire est encore plus simple. Trois chevaux viennent d'être volés au boucher, qui se trouve être le maire. À ses yeux, les coupables ne peuvent être que deux Métis nouvellement arrivés. On les amène enchaînés. Tout le monde sait bien que ces gens-là sont voleurs, paresseux et menteurs ! Le seul point litigieux, presque rien en vérité : les bêtes avaient été retrouvées peu après dans l'enclos d'un fermier voisin. Et voilà que les Métis osent accuser du vol le fils de ce fermier ! Mais ce dernier ne peut être le coupable puisqu'il est le meilleur ami du fils du maire...

Les deux hommes sont pendus malgré leurs protestations d'innocence.

À ce moment-là, deux longues flèches jaillissent de l'angle d'une bâtisse délabrée. Deux *juges* tombent. Une femme et son fils vengent la fillette violentée. Capturés dans la minute suivante, les malheureux sont battus à coups de pied et de crosse de fusil.

Hokshenah et ses compagnons profitent de la confusion pour accélérer le pas et s'esquiver vers le bout de la rue.

Les trois amis, natifs et noir, étrangers de surcroît, surpris au milieu de ce délire, risquent un sort semblable à celui de leurs frères infortunés. Ils parviennent à la sortie du village lorsque retentit soudain derrière eux le cri tant redouté.

— Là-bas... y'en a qui se sauvent... sûrement des complices.

Les villageois sont en colère. Les flèches qui viennent de blesser leurs concitoyens avaient la pointe enduite d'excréments de vache, causant des blessures qui ne pardonnent pas. Assassins ! crient-ils de toutes parts, alors que les coups redoublent sur les prisonniers.

— Au poste frontalier, vite, hurle Tobé. On sera plus en sécurité avec les soldats...

Courant avec toute l'énergie dont ils sont encore capables, les fugitifs passent un pont branlant et parviennent à la frontière située à trois cents mètres de la petite agglomération. Des soldats américains y sont de garde.

Devant cette agitation nouvelle, un soldat imberbe flanqué d'un vieux sergent-chef, aux longs cheveux tressés, métis tous les deux, sortent précipitamment de la cabane qui sert de poste frontalier. Le vieux comprend aussitôt que ces étrangers se sauvent après un mauvais coup, ce qui, à y bien songer, est loin de lui déplaire. Depuis son installation dans ce coin perdu, les gens du Montana sont une source d'ennuis constants. Ils se comportent comme si le Canada leur appartenait de droit. Le vieux Métis apostrophe les arrivants d'un ton hargneux en pointant vers eux un revolver d'ordonnance à canon long. Il lui faut bien user d'un stratagème plausible afin de tromper la foule vociférante qui les a pris en chasse.

— Bougez plus ou je tire. Vous venez d'où ? C'que vous avez fait ? You speak English, nigger ?

— Je parle aussi français, chef, répond Tobé qui constate que la foule se trouve encore au milieu du pont, assez loin, ce qui leur laisse une petite chance de retourner en leur faveur les gardes-frontières avant l'arrivée de ces furies.

— Mes amis sont crows, ajoute-t-il d'une voix unie.

— Mais toi, si t'as la couleur des Corbeaux… tu l'es pas, ironise le sergent.

— On était éclaireurs dans l'armée américaine, le renseigne Tobé sans se départir de son calme.

— La fille aussi ?

Tobé s'impatiente. Les villageois se rapprochent dangereusement.

— Bien entendu, chef.

— Alors, c'est bien.

Mais après une courte réflexion, le vieux semble se raviser.

— Qu'est-ce qui le prouve ?

Tobé affiche un large sourire. Il va au traîneau, en tire deux vestes du 7ème de cavalerie et les tend au-dessus de sa tête ; Hokshenah, livide, est sur le point de s'emparer de sa carabine ; ses jambes ne le portent plus. Fou de Tobé !

— Mon ami et moi, on travaillait pour le général Crook.

Le vieux apprécie l'information d'un coup de tête.

— Je l'ai bien connu. Mais, au fait, qu'est-ce qui...

— ... le prouve? Termine Tobé. Ça!

Et il tire de sa poche-poitrine un document soigneusement enveloppé dans une feuille de papier cirée. Le regard du sergent court directement à la signature. Son visage s'éclaire d'un large sourire. Il rend le document à Tobé sans le lire; déjà, les villageois hurlants sont sur eux.

— Parfait, vous pouvez y aller, annonce le vieux soldat.

Les voyageurs passent devant la cabane, quand un grand diable de forgeron empoigne Tobé à la gorge pendant que les autres s'agglutinent autour du traîneau en un cercle menaçant. Le sergent et l'homme de troupe tournent leurs armes vers la foule.

— Donnez-nous ces types, qu'on les pende, crie un homme aux cheveux hirsutes.

— Ici, je représente les deux côtés de cette frontière, réplique le Métis. Jusqu'à preuve du contraire, ces gens-là ne se sont rendus coupables d'aucun délit. En plus, voyez, ils se trouvent en sol canadien depuis cinq secondes. M'obligez pas à vous le rappeler avec du plomb.

— Patrik Bakker, t'es rien qu'un idiot!

— Possible, mais c'est moi qui tiens le revolver. J'ai donc raison. Maintenant, dégagez avant que j'me fâche.

Mâtée, mais toujours grondante de voir s'échapper l'objet de sa haine, la foule se disperse, reportant ses frustrations contre...

«Ces damnés indigènes qui vivent près de la rivière avec leur ribambelle d'enfants sales et chapardeurs. Il faudra se décider à les expulser enfin du territoire...»

Ils sont passés... Canada, terre de liberté!

— Quand je vois ce qui vient de se passer, ma colère envers l'Homme blanc se renforce. Une enfant iroquoise et son père sont assassinés et les meurtriers sont acquittés; après, ces fous pendent deux malheureux, sans preuve. C'est ça la justice?

— Tu veux entendre plus ignoble encore? Il y a quatre ans, en 1879, dans le Sud, suite à une affaire mettant en cause des Poncas, le congrès américain a voté un décret concernant les Premières Nations qui affirme exactement ceci: «au sens de la loi, les natifs poncas sont considérés comme "no men". Des non hommes!» N'étant pas des animaux non plus, ces Poncas n'existent pas et ne peuvent avoir raison dans un litige les opposant aux conquérants blancs.

— Cette manière de concevoir les hommes est appliquée aux Noirs depuis quatre siècles! jette hargneusement Tobé.

— Les Wasichus ne sont pas brillants. Pour une race de seigneurs, ils font pitié! Dis-nous, Tobé, c'était quoi ce papier miracle qui apparemment nous a sauvé la vie?

— Un ordre de route que j'ai trouvé sur un soldat américain que nous avons blessé.

— Et ça dit quoi?

— Que nous sommes en mission spéciale pour le Sénat américain... une histoire de trafic d'armes avec les tribus algonquiennes.

Leur marche reprend, vers l'est cette fois, là où se situent les territoires mohawks.

Dans le ciel, un aigle chauve effectue de gracieuses circonvolutions au gré de quelque souffle d'air chaud venu d'une vallée lointaine. C'est un bon augure. Naha-Ichon pousse un soupir de soulagement. Hokshenah l'enlace tendrement. Ils sont sauvés!

CHAPITRE 7

Dès le réveil, le cœur d'Hokshenah se gonfle d'allégresse. Leur premier matin canadien... Gloire au Maître des choses. Durant la nuit, sa vision est revenue. Il tire du bagage la veste bleue de l'officier et la nettoie consciencieusement. Tobé l'observe d'un air réprobateur.

— Tu ferais mieux de jeter ces saletés. Poursuivre les combats ne fera pas revenir ceux que nous aimions.

Guerre ou non, la vision de la montagne était claire. L'homme vêtu de bleu courait vers un groupe de Dakotas. C'était la destinée d'Hokshenah.

— Surtout que le bleu est chez vous couleur de tristesse, renchérit Naha-Ichon.

— Ou celle du regard de Wakan-Tanka ! ajoute le jeune homme, se souvenant des paroles du loup blanc.

Ils se mettent en route. La température froide, le ciel gris, le décor sans vie s'accordent bien avec la morosité de leur humeur. C'est vers le milieu de cette longue journée, parcourue tour à tour de rafales glacées et de vents tièdes qu'ont parfumés les forêts environnantes, qu'Hokshenah découvre le loup allongé dans la neige ensanglantée. Le jeune homme laisse échapper un cri de compassion : la pauvre bête n'a que trois pattes.

— Sales trappeurs ! jure-t-il en tirant une balle dans la tête de l'animal.

— Pourquoi dis-tu cela ? Qu'ont à voir les hommes dans cette horreur ? questionne Tobé.

Hokshenah secoue la tête avec découragement.

— Tu ne vois rien, alors ? Ce petit fil d'acier, là, est un collet. Il représente la nouvelle invention des tueurs de bêtes. Le système, en fait, est moins spectaculaire que les pièges à mâchoires qui broyaient les os, mais le résultat est tout aussi dévastateur. Les marchands de fourrures trouvent cela très acceptable. Ils osent même appeler ces saloperies des pièges sans souffrance. Le collet, une fois serré, ne se défait plus. Résultat : le sang arrête de circuler dans le membre pris ; dans son affolement, ce loup s'est amputé lui-même. Voilà ce que Wasichu fait à ce pays !

— Tous les chasseurs ne sont pas...

— Ne dis pas « chasseur », Tobé. Exploiter l'animal pour de l'argent est honteux. Ce trappeur vit de la souffrance de bêtes incapables de se défendre, prises d'interminables journées dans des pièges avant que ce malade n'aille les achever à coups de bâtons pour ne pas endommager la peau d'une balle. Ces gens ne se respectent pas eux-mêmes. Ils sont cruels et paresseux. Piéger un animal est moins fatiguant que de labourer un champ. Aux yeux de la plupart des citadins, poser des pièges est un travail honorable, auréolé de gloire, d'aventure. Dammis Juilly, trappeur blanc de notre vallée, dit à qui veut l'entendre que «pour *trapper*, il faut beaucoup aimer les animaux.» Un illettré incohérent. Quant à sa petite amie, Chantall Culron, elle affirme que «la forêt est un terrain de jeu idéal où les enfants peuvent apprendre à poser des pièges.»

Bourreaux sans cervelle.

— Ce sont les acheteurs de fourrures les coupables, intervient Naha-Ichon. Ils ferment les yeux sur les horribles tourments imposés aux bêtes. Les gens de mon peuple portent de la fourrure par nécessité, chez les femmes blanches, c'est de la vanité…

— Poursuivons notre route, Hokshenah, propose Tobé. La triste mentalité de l'homme ne changera pas si aisément. Il est en général cruel, égoïste. Rares sont ceux qui pensent au bien-être de Petite-Mère-Terre, à sa faune, à ses grands espaces. Depuis que l'envahisseur a volé ces terres, les castors, les loups, les ours et les bisons ont presque totalement disparu.

Les hommes blancs viennent de terminer leur plus ridicule guerre fratricide : deux millions de morts! Les habitants du Nord contre ceux du Sud, et pourquoi? Ils l'ignorent eux-mêmes. Libérer les esclaves n'était qu'un prétexte auquel ils ne croyaient pas eux-mêmes. Toi, le Natif sentimental qui pleure sur ses arbres et ses bêtes, n'oublie pas que les autres s'en moquent éperdument. Viens Petit-Frère, allez...

Le temps s'étire avec une désespérante lenteur, porteur d'une grande tristesse. La vision d'Hokshenah vient-elle de se concrétiser? Est-ce bien là le loup dont il doit prendre le nom? L'image oppresse l'adolescent. Depuis la funeste rencontre, son cœur n'est plus qu'incertitude. Hokshenah ne sait que ressasser la même interrogation. Ce malheureux loup avec sa terrible souffrance au fond des yeux lui était-il envoyé par Wakan-Tanka afin de lui annoncer un malheur prochain?

Tout au long de leur progression, Naha-Ichon ressent l'angoisse qui bouleverse son époux. Elle ne le quitte plus du regard, l'encourage d'un sourire, d'un geste. À l'heure où le soleil quitte l'espace pour se poser sur l'horizon, une tempête violente s'abat sur le convoi, l'immobilisant sur place.

Le bivouac ne fait que prolonger la mélancolie de cette journée. La morosité se retrouve partout, sur les visages et dans les cœurs, tout comme les trois voyageurs la découvrent avec étonnement dans ce décor de montagnes et de vallées blanches. La nature elle-même semble frappée de stupeur, quelque malédiction, une menace sourde, tapie dans le ciel noir de tempête, sur les pistes, au creux des vallées, par-delà l'horizon.

Ce soir, le repas n'est pas égayé par le rire de Naha-Ichon ni par les plaisanteries des hommes. Jusqu'aux poursuites quotidiennes de Sintaypoh et du rat, devenues jeux amicaux, qui ne parviennent pas à les divertir. Seuls les propos aimables de l'Enfant-Amour sont encore capables, de temps à autre, de glisser un sourire timide dans leurs regards lointains, un peu perdus.

Le jour se lève sur une vaste plaine. D'un côté, une ligne de collines qui se touchent, excroissance irrégulière de terre blanche semblable à un cheminement de taupe à fleur de sol. De l'autre, les falaises abruptes et majestueuses d'une chaîne de montagnes sculptées par les rigueurs du climat nordique. Le soleil, généreux, éparpille en tous sens ses rayons tièdes, repoussant d'autant les risques de blizzard. Subsistent dans l'espace, de rares nuages qui déversent, çà et là, quelques flocons rapidement dispersés aux quatre coins du ciel par une brise faisant osciller le faîte des grands pins. Il fait doux. Les trois amis marchent en silence, songeurs. La longue route est terminée. Ils sont parvenus à obtenir ce qu'ils désiraient. Et maintenant?

Depuis le matin, ils longent la frontière américaine, un peu par défi. Une petite colonne de soldats les surveille, avançant au même rythme que les fugitifs. Une sorte de jeu en vérité. Alors, de temps à autre, les trois amis les narguent en tendant le poing ou en criant quelques insultes... Ils ne risquent rien sur cette terre libre où le Blanc américain ne peut s'aventurer.

Ils ont réussi certes, il y a de quoi être heureux, mais une sorte de pressentiment les oppresse. Tobé rompt le silence avec sa manière toute personnelle d'exprimer sa pensée, pas toujours très claire.

— La page est tournée. Il faut aller de l'avant avec un regard neuf.

Ces mots amusent Naha-Ichon. Elle n'a rien compris.

La jeune femme marche en tête d'une allure de promenade. Elle ne porte rien, ne tire plus le traîneau où babille l'Enfant-Amour et, plus incroyable encore, depuis une semaine, Tobé et le jeune homme s'occupe de toutes les tâches ménagères, passant de la cuisine aux soins à donner au bébé. Hokshenah a été inflexible concernant ces différentes occupations. Naha-Ichon ne doit plus se fatiguer. Tout juste si à l'heure du départ il ne l'installe pas de force sur le bagage.

En vérité, *Neh'du sh'ahka*, sa «jeune épouse» est enceinte. Après seulement deux semaines d'union? s'étonne Tobé. Mais l'adolescent rejette le sarcasme avec irritation. Les voies de Wakan-Tanka sont impénétrables. Tobé n'y connaît rien en matière de grossesse, pas plus d'ailleurs que Naha-Ichon qui affirme qu'un «retard de trois jours du sang qui nourrit les bébés ne signifie pas qu'un enfant prépare sa venue dans ce monde».

Mais Hokshenah *sait*. Que ces deux-là se taisent! Néanmoins, sa vérité lui fait parfois dépasser les limites du bon sens. Il a depuis peu la certitude que Petite-Mère-Terre n'attend que sa progéniture pour engendrer une race nouvelle!

En l'esprit simple du jeune homme, Wakan-Tanka a choisi en eux l'homme et la femme qui un jour redonneront au peuple dakota la fierté de son nom glorieux. L'exaltation qui fait trembler le jeune homme est constituée de mille sensations étranges et bouleversantes qu'il n'a encore jamais éprouvées. Hokshenah a retrouvé la joie de vivre. Son destin sera grand!

Naha-Ichon s'arrête devant ses compagnons, tend le doigt vers le milieu de la plaine. Les deux hommes suivent des yeux avec intérêt la direction qu'elle désigne. C'est un promontoire rocheux appuyé contre une colline boisée, un peu à l'ouest de leur route. Rien là d'extraordinaire, se dit Hokshenah. Il veut faire part à la jeune femme de son étonnement lorsque tout à coup, sa gorge se noue d'émotion : là-bas, sur l'étroit plateau de grès, un petit groupe de Natifs s'agitent en lançant des cris gutturaux. Rien encore ne permet de distinguer nettement une pièce vestimentaire qui permet de les identifier, mais Hokshenah n'a aucun doute. Ils sont dakotas. Alors, pour répondre avec toute la profondeur de sa foi envers les Wakiyans, il fouille fébrilement dans le bagage, en extrait la veste de l'officier américain et l'enfile avec un grommellement de plaisir sous l'œil désapprobateur de Tobé. La race de ceux qui portaient ces tenues leur avait fait tant de mal. Mais Tobé se retient. Il ne fera pas l'injure à son jeune ami de discuter son rêve.

Hokshenah s'élance avant que ses compagnons ne puissent prononcer un mot. La neige rase, égalisée par le vent chaud et les coups de gelée successifs, permet une bonne allure. Sintaypoh court près de lui. Maintenant, Hokshenah les aperçoit distinctement : costumes à longues franges, tresses emperlées, bordées de fourrure d'écureuils, mocassins d'hiver montants doublés de renard... Ce sont bien des hommes de son peuple.

Gloire à Wakan-Tanka !

— *Koh-Lah* ! Amis, je suis dakota...

La première flèche le surprend en plein élan, se fiche dans sa cuisse, la traverse de part en part. La seconde se plante dans le muscle de son épaule, l'étonne davantage. Et pourtant, il reste là, immobile, totalement pris au dépourvu. Son cerveau qui depuis la vision attendait une aventure spécifique refuse à présent la réalité des évènements ; si bien, que la douleur n'est pas encore parvenue à se propager dans ses chairs meurtries. À la troisième flèche, Hokshenah tombe à genoux. Lui parviennent alors les premiers cris : il y a ceux de Naha-Ichon, empreints d'une profonde douleur. Elle ne s'était aperçue de rien tant qu'il était demeuré debout ; puis ceux de Tobé, le vieil ami anéanti par le désespoir, mais, surtout, les hurlements de ces hommes, leurs terribles mots...

— *Tah* ! *Shoonkah Wasichu* ! « Meurs, chien de Blanc », avaient-ils crié.

Hokshenah tend les bras vers eux. Il s'affaisse doucement sur le côté. La langue râpeuse de Sintaypoh lèche son front. Un grand nuage efface le soleil, son regard se voile, et le décor disparaît. La neige devient sombre.

L'adolescent ouvre les yeux avec difficulté. C'est la nuit. Devant lui, de longues flammes rouges et or courent sur des branches de pin qui se consument avec de suaves odeurs de résine chaude.

La poitrine d'Hokshenah est dénudée. Dans le haut de l'épaule gauche, mais si près du cœur, dépasse une courte flèche dont il reconnaît les couleurs avec amertume. Celle de sa propre tribu. Ces hommes l'ont probablement vu naître.

Naha-Ichon est penchée sur lui, de la tendresse

plein les yeux, de la douleur en chacune des fines rides qui, en quelques heures, ont inscrit sur son beau visage les tourments de toute une vie. Tobé passe un linge humide sur le front du blessé en chantonnant une vieille mélopée dakota.

— *Nena pehdah mahyeh, Chinyeh*, merci vieux frère, murmure le jeune homme.

— Cette flèche...

Tobé secoue la tête avec embarras.

— Rien à faire... c'est une pointe de guerre... trop profonde. J'ai essayé, elle est bien prise.

— Alors, je... je vais...

Une larme roule au coin de son œil.

— Naha-Ichon... tu es mon regret... le seul. Je terminerai l'Histoire... et un jour... tu la reprendras... l'Enfant-Amour va...

— Pour ton fils aussi. Il est en moi, je...

Elle ne peut rien ajouter, elle pleure... Hokshenah lève les yeux vers un infini qu'il est seul à percevoir.

— *Pilamaya Tunkasila*! «Cela doit être ainsi». Merci, Grand-Père. Écoutez... Cette flèche qui me tue... a été lancée par le plus bel arc qui soit. Le Cheyenne fabrique aussi de belles armes... mais les nôtres... ah, les nôtres! Quatre pieds de long et une puissance... magistrale. On utilise tous les bois à sa fabrication... dans la plaine, il ne faut pas être regardant: orme blanc, chêne, frêne, cèdre... Le bois est coupé en fin d'hiver... quand la sève est basse.

Ainsi... le... le bois... ah…

— Le bois n'éclate pas en séchant, poursuit Tobé en faisant pression de la main sur l'épaule de son ami. Puis on le roule dans la graisse avant de le mettre à proximité d'un feu... Chaleur et fumée le font vieillir.

— Il est alors facile de tordre les extrémités sous le bout du pied... Les flèches seront en cèdre ou en merisier. Pour en adoucir le bois... on le passe par le trou d'une *pierre de sable*. La colle qui tient les plumes est faite avec...

— ... des sabots de bison bouillis. Certaines tribus ne mettaient pas de plumes, et...

— Naha... je ne vois plus. Na...

— Je suis là.

La jeune femme prend sa main. Elle mord ses lèvres pour ne pas hurler la douleur intenable qui lui fouille les entrailles. Du sang s'écoule de la bouche d'Hokshenah.

— Tobé...

— Je serai toujours près d'elle.

— Elle n'aura plus que toi.

— Je la conduirai vers le peuple cheyenne et...

La jeune femme hoche la tête.

— J'irai chez les Dakotas. Quand l'enfant viendra, je lui ferai le Compte des hivers.

— Apprends ma langue... à notre petit, et aussi la tienne...dis-lui... que je m'appelais...

— *Shoong tokcha ska*. «Le Loup-Blanc». Notre enfant sera *Shoong tokcha ska*... comme son père.

— À présent... déposez-moi dans ce bouquet d'arbres et partez. Ne dis rien Naha... je veux m'en aller... seul, avec les esprits sacrés de la terre.

Mais la réalité est différente. Le moribond sait que sa douloureuse agonie risque de tirer des cris suppliants de sa gorge, des larmes de ses yeux ; il ne peut concevoir que Naha-Ichon le voit si mal réagir à la souffrance. Cet acte de bravoure sera son ultime geste d'homme.

Hokshenah est seul. Ses compagnons sont partis. Il ferme les yeux, incline la tête sur son épaule. En paix avec lui même et Wakan-Tanka, il peut s'en aller... Un cri dans le ciel attire ses yeux douloureux. Il s'apaise. L'aigle royal part annoncer la venue d'Hokshenah au Maître des choses. Un soupir léger emporte son dernier mot...

Naha-Ichon...

ÉPILOGUE

Le temps a passé sur le paysage, sur la douleur, sur la vie... Dix-huit lunes déjà. Un an et demi. Les pas de Naha-Ichon dans cette verdoyante prairie dérangent parfois quelques perdrix qui s'envolent lourdement avec un froufroutement d'ailes soyeux et un petit cri effarouché.

La terre d'automne libère des souffles chauds gonflés d'un parfum de fleurs séchées. Les yeux de la jeune femme s'animent devant les premières gambades de l'Enfant-Amour qui vient de disparaître parmi une touffe de hautes herbes à la poursuite de Sintaypoh. Naha-Ichon sourit avec une douceur triste au coin des lèvres.

Là-bas, plus loin, au bord de cette jolie vallée, accrochée à flanc de colline, il y a sa cabane de rondins. Elle l'a bâtie de ses mains, avec Tobé. Après mûre réflexion, la jeune femme a choisi de vivre ici, plutôt que parmi les Dakotas. Elle désire élever les deux petites à sa manière. Car un enfant lui est né d'Hokshenah, une gentille petite fille aux grands yeux mauves qu'elle a nommée *Des'denah shoongtok chaska*, «Petite-Louve-Blanche». Après la naissance, Tobé s'en est allé à Hochelaga, la capitale des Iroquois, que les Blancs nomment Mont-Réal. Le brave ami a vécu trois lunes parmi les Français. À son retour, il s'est installé dans une petite bande de Dakotas, juste après la vallée, à deux pas de chez elle. En cas de besoin, il lui suffit de tirer trois fois en l'air et il accourt aussitôt.

Pour l'hiver qui approche, Tobé a bien fait les choses. La «cache» de Naha-Ichon dressée à quatre mètres du sol est suffisamment approvisionnée en viande fumée et légumes secs pour lui permettre de vivre dans l'abondance jusqu'au printemps prochain. Elle a tout ce qu'il lui faut. Enfin, presque...

La jeune femme fait halte au sommet de la colline qui protège sa cabane des bourrasques venues de la vallée. En ce décor des origines qui l'entoure, parmi ces montagnes boisées, ces lacs et ces rivières poissonneuses, Hokshenah aurait été si heureux...

Quelques cris de coyote, quelques rires d'enfant; Naha-Ichon retrouve ici sa Petite-Mère-Terre. Ses yeux s'emplissent de larmes. L'Enfant-Amour, juchée sur le dos de Sintaypoh, la rejoint en poussant des cris de plaisir. Dans le dos de la jeune femme, Petite-Louve-Blanche participe à ce bonheur avec des mots qui n'en sont pas encore, mais dans lesquels la jeune femme a parfois l'impression de reconnaître le nom de son époux. Passant la main par-dessus son épaule, elle caresse le visage de l'enfant. À nouveau ses yeux se couvrent de larmes. Cela lui arrive cent fois par jour. Elle se mord l'intérieur de la joue. Encore ce goût de sang sur sa langue...

Un léger choc au bout de son pied. Elle baisse les yeux. *Sintesh'dah sahpah*, le « rat noir », tranquillement assis sur son mocassin la regarde de ses petits yeux brillants. Elle sourit. Dire qu'elle l'avait presque oublié, celui-là !

— *Ehyayah Sintaypoh*, « tiens-toi bien sur ton coyote » ma petite chérie... tombe surtout pas. Allez, on rentre. Toi aussi, le rat !

La jeune femme et les enfants descendent la colline à pas lents. Naha-Ichon tourne machinalement la tête vers la vallée qui s'étend à sa gauche. C'est là que vit Tobé, au village dakota. Elle n'est pas surprise de voir un homme gravir le sentier qui passe devant sa cabane. Soudain, elle le reconnaît. C'est le guerrier crow qui les poursuivait, il y a longtemps, sur la longue route de la fuite vers la liberté ! Son cœur manque un battement. Cet ennemi cherche-t-il à assouvir sur sa petite famille quelque vieille rancune ?

À peu de distance derrière lui, une autre silhouette apparaît. Un homme maigre à la marche hésitante qui soutient son pas à l'aide d'une branche. Le premier s'arrête, attend son compagnon, passe un bras sur son épaule et ils reprennent leur progression vers la demeure de Naha-Ichon.

Le cri que pousse la jeune femme alerte les deux hommes. Ils regardent dans sa direction. La voilà paralysée par la violente émotion qui s'empare de tout son être.

L'homme efflanqué... c'est Hokshenah !

Incapable de le rejoindre tant ses jambes sont devenues faibles, elle s'agenouille, tremblante, fait glisser de son dos le berceau dans l'herbe. Hokshenah monte jusqu'à elle, les yeux brillants de tendresse. Il est là, un miracle, un nouveau bonheur leur est permis. Les jeunes gens se regardent sans un mot. Il y aurait tant à dire.

Alors, ils se taisent...

Nunna dahul tsun yi

La route où ils ont pleuré. C'est, en langue cherokee, le nom donné à la déportation massive de leur peuple. Il est le titre de cette courte rétrospective des massacres les plus marquants perpétrés contre les Natifs d'Amérique.

En fait, tout commença avec l'élimination de *Tahtonkahsha*, le bison. En 1730, ils étaient près de soixante millions. L'arrivée des premiers colons marqua la fin de l'animal sacré, mais aussi des peuples qui ne vivaient que grâce à lui. En effet, ce bison, dont le corps donnait plus de cent vingt-cinq articles différents à la femme et au chasseur, sera massacré par le Blanc qui souvent n'en prélevait que la langue. On trouva un jour une plaine couverte de mille quatre cents cadavres sanglants. Ces bêtes venaient d'être abattues sans aucune autre raison que le sport par les passagers d'un train qui avaient fait un concours de tir. L'arme de prédilection de cette activité était le fusil Sharp, de calibre 50, une arme terrible à longue portée. Les sportifs laissaient la viande pourrir sur place. Le fameux William Cody, dit *Buffalo Bill,* se faisait une gloire d'avoir abattu six mille quatre cents bisons en huit mois. Cody n'était en réalité « qu'un petit personnage de cirque, sans envergure, dont se moquaient ouvertement tous les vrais hommes de la plaine, blancs et rouges », disait-on de lui dans le monde du coureur des bois. Cet homme pouvait-il à ce point ignorer que sa vanité menait à la mort des familles entières de Natifs qui n'avaient pu faire leurs provisions d'hiver à cause de ses tueries ?

Soixante millions de bisons, la survie de toutes les Premières Nations des plaines, détruits en deux générations. Avec la perte du bison, leur mode d'existence disparut. En 1885, il en restait à peine deux cents parqués dans le Montana.

Les Blancs nommèrent les peuples cherokees, chickasaws, choctaws, creeks et séminoles : les Cinq Nations civilisées, en raison de leur culture avancée. Ces tribus choisirent de ne pas s'opposer à l'envahisseur. Ces paisibles alliés ont été néanmoins expulsés de leurs terres, massacrés, déportés l'hiver avec les seuls vêtements qu'ils portaient sur le dos. On leur fit traverser le Mississipi, parfois à la nage, parmi les glaces flottantes.

1836: déportation des Creeks, enchaînés, femmes et enfants compris.

1838: les Cherokees furent reconnus comme les plus évolués des Cinq Nations. Ils se battirent toujours aux côtés des Blancs. C'était des fermiers; le premier peuple à posséder sa langue écrite, grâce au chef Séquoia, qui l'inventa en 1821. Hélas, il y a de l'or sur leurs terres. Le président Andrew Jackson les fit déporter au cœur d'une nuit d'hiver. Certains allaient nu-pieds, d'autres en sous-vêtements, torse nu. En leur présence, leurs biens furent pillés par les colons et les soldats, leurs demeures brûlées, leurs cimetières saccagés. Encordés comme des criminels, ils n'ont le droit d'emporter que leurs vêtements. La fameuse « route des larmes » les attendait. En chemin, trente pour cent de ce peuple meurt de froid et de faim. Tsali, un de leur grand guerrier parvint à se sauver, il harcela la colonne des Blancs afin de venger la mort de son épouse assassinée par un soldat. On envoya un scout indien lui promettre l'impunité s'il se livrait. L'homme déposa les armes. On obligea alors ses meilleurs amis à le fusiller.

1861: La tribu navajo, apparentée aux Apaches, fut passée à la baïonnette, écrasée au canon. Le Navajo était agriculteur, fermier, il n'avait jamais attaqué un seul Blanc de toute son histoire.

Janvier 1864: Kit Carson, brûla les récoltes des Navajos, tua leurs animaux domestiques pour les affamer. Ils furent déportés, demi nus, encore une fois l'hiver. Ils étaient trois mille au départ, en quelques jours, trois cent vingt-six d'entre eux moururent de froid. Les jeunes enfants furent kidnappés par les Mexicains qui revendirent les garçons comme esclaves et placèrent les filles dans des maisons de prostitution.

Mars 1864 : huit cents Navajos furent déportés, dont cent dix moururent en chemin. Lorsque les Blancs attaquaient un village, ils le faisaient de nuit, surtout l'hiver, car les chevaux indiens, peu nourris, n'avaient plus assez de force pour être utilisés.

27 novembre 1864 : massacre de Sand-Creek. La tribu du pacifique Cheyenne *Moke tavato* (Black Kettle) fut mitraillée au petit matin, alors que tous dormaient encore. Sur le tipi du chef, un drapeau Américain claquait au vent. Au cours de la charge des soldats, le vieux chef agita un drapeau blanc devant son village désarmé. Et commença la tuerie avec ses horribles détails, comme ce dialogue tristement célèbre entre un jeune soldat et le colonel Chevington...

— Que fait-on des enfants, monsieur ?

— Écrasez-les. Des œufs de poux, ça devient adulte !

Et l'enfer se déchaîna : les enfants servirent de cibles d'entraînement. Un bébé sortit d'une tente. Un soldat épaula son arme, un autre l'interpella : « *Leave it to me this little son of a bitch.*» «Laisse-moi ce petit fils de chienne» et il lui tira dans le dos.

Bilan : trois cents morts sur un groupe de trois cent cinquante personnes. Ce chef rassembla alors les restes de plusieurs villages et s'installa à Washita. Quatre ans plus tard... le 23 novembre 1868, ce fut l'hécatombe de Washita, une tuerie à ce point bien présentée par les journaux qu'elle se transforma en un «courageux combat contre une bande de sauvages assoiffés de sang», ce qui permit au Colonel Custer d'entrer glorieusement dans la légende.

Femmes, enfants, vieillards et une poignée de guerriers, treize hommes plus précisément, furent mitraillés, égorgés dans leur sommeil. La plupart des enfants furent abattus dans le dos, alors qu'ils se sauvaient. Le général Sheridan dira : «On s'est débarrassé de cette nullité, ce bon à rien de Black Kettle.» Parmi les ruines du village, les armes des sauvages : douze fusils démodés.

1871, le 30 avril : cent huit Apaches, femmes, enfants, vieillards, sont massacrés à la baïonnette au camp Grant, un refuge indien sous protection de l'armée.

1873 : durant cette année, le major Brown se rendit glorieux par de nombreux massacres de familles et de tribus de paysans désarmés.

1874 : malgré un traité promettant de respecter les frontières des Black-Hills, les Collines Noires des Lakotas, Custer qui cherchait de l'or profana des lieux sacrés avec sa cavalerie et massacra une famille de la tribu des Tetons Oglalas. Les Collines Noires qui venaient d'être «données» aux Natifs leur furent reprises.

Cheval-Fou refuse la «transaction»: «Ici reposent nos ancêtres. On ne vend pas les os de son père, dit-il. La terre où marche l'homme n'est pas une chose qui peut se vendre.»

1877: Les Nez-Percés ne combattirent jamais les Blancs. Ils furent néanmoins déportés. Le chef Joseph, *Heinmot Touyalaket*, prit la fuite vers le Canada avec sa tribu, deux cent cinquante guerriers, quatre cent cinquante femmes et enfants, deux mille chevaux et leurs bagages. Il tint en respect plus de cinq mille soldats sur près de deux mille quatre cents kilomètres. Quand il se rendit, il n'y avait plus qu'une trentaine d'hommes valides. En 1885, de toutes les bandes de Nez-Percés, il ne restait que deux cent quatre-vingt-cinq personnes, en captivité. Quand le chef Joseph mourut en 1904, le docteur de la réserve diagnostiqua, «cœur brisé de douleur».

1880: On trouva de l'or sur le territoire des Utes, ces mêmes Utes qui aidèrent Kit Carson dans sa guerre contre les Navajos. Ils furent déportés sur une terre stérile que ne voulaient pas les Mormons. Un voyage à pieds de six cents kilomètres, en hiver, avec de jeunes enfants et des vieillards, peu nourris, mal habillés. En 1800, il y avait sept villages utes. Aujourd'hui, leur race est éteinte. En 1800, il y avait quarante cinq mille Apaches. En 1871, ils ne sont plus que vingt mille. En 1875, sept mille et en 1890, plus que quelques centaines. Le fameux aphorisme, «le seul bon Indien que j'aie jamais vu était mort…» vient du général Sheridan.

TABLE DES MATIÈRES

Dans la même collection

— 1. *Un amour de chat,* Michel Lavoie, 12 ans et plus, ISBN 978-2-921463-49-2

— 2. *La Porte des Ténèbres* (*Le cycle de l'Innommable, tome 1*), Skip Moën, 12 ans et plus, ISBN 978-2-921463-54-6

— 3. *Mystères et chocolats,* Anne-Marie Fournier, 9 ans et plus, ISBN 978-2-921463-53-9

— 4. *L'Invasion des Ténèbres* (*Le cycle de l'Innommable, tome 2*), Skip Moën, 12 ans et plus, ISBN 978-2-921463-58-4

— 5. *La main dans le sac,* Anne-Marie Fournier, 9 ans et plus, ISBN 978-2-921463-63-8

— 6. *Une aventure au pays des Ouendats,* Micheline Marchand, 12 ans et plus, ISBN 978-2-921463-77-5

— 7. *Une rentrée en clé de sol,* Anne-Marie Fournier, 9 ans et plus, ISBN 978-2-921463-76-8

— 8. *Le chant des loups* (*Sébastien de French Hill, tome 1*), Françoise Lepage, 9 ans et plus, ISBN 978-2-921463-78-2

— 9. *Le montreur d'ours* (*Sébastien de French Hill, tome 2*),— Françoise Lepage, 9 ans et plus, ISBN 978-2-921463-81-2

— 10. *Dure, dure ma vie!*, Skip Moën, 12 ans et plus, ISBN 978-2-921463-71-3

— 11. *Le héron cendré* (*Sébastien de French Hill, tome 3*), Françoise Lepage, 9 ans et plus, ISBN 978-2-921463-84-3

— 12. *Quand la lune s'en mêle...*, Marguerite Fradette, 12 ans et plus, ISBN 978-2-921463-88-1

— 13. *Gontran de Vilamir,* Michèle LeBlanc, 12 ans et plus, ISBN 978-2-921463-87-4

— 14. *Poupeska,* Françoise Lepage, 9 ans et plus, ISBN 978-2-923274-09-6

— 15. *Monnaie maléfique,* Stéphanie Paquin, 9 ans et plus, ISBN 978-2-921463-90-4

— 16. *À la vie à la mort,* Micheline Marchand, 12 ans et plus, ISBN 978-2-923274-12-6

— 17. *Alexandre et les trafiquants du désert,* Jean Mohsen Fahmy, 12 ans et plus, ISBN 978-2-923274-08-9

— 18. *La maison infernale,* Michel Lavoie, 14 ans et plus, ISBN 978-2-923274-32-4

— 19. *William à l'écoute!,* Johanne Dion, 10 ans et plus, ISBN 978-2-923274-43-0

— 20. *Aurélie Waterspoon,* Gilles Dubois, 14 ans et plus, ISBN 978-2-923274-51-5

— 21. *Les chercheurs d'étoiles,* Françoise Lepage, 10 ans et plus, ISBN 978-2-923274-44-7

— 22. *La piste sanglante*, Gilles Dubois, 14 ans et plus, ISBN 978-2-923274-20-1

— 24. *Le collier de la duchesse*, Françoise Lepage, 6 à 9 ans, ISBN 978-2-923274-63-8

— 25. *La différence de Lou Van Rate*, Maryse Vallée, 12 ans et plus, ISBN 978-2-923274-57-7

— 26. *Le chenil*, Patrice Robitaille, 10 ans et plus, ISBN 978-2-923274-45-4

— 27. *Comédies et plaisir*, Martine Bisson Rodriguez, 9 ans et plus, ISBN 978-2-923274-66-9

— 28. *Les pantoufles de ma mère,* Anne-Marie Fournier, 4 à 6 ans, ISBN 978-2-923274-62-1

— 29. *Les voleurs de couleurs*, Aurélie Resch, 4 à 6 ans, ISBN 978-2-923274-29-4

— 30. *Kalladimoun*, Martine Périat, 4 à 6 ans, ISBN 978-2-923274-61-4

— 31. *L'été de grand-papa*, Michel Lavoie, 9 ans et plus, ISBN 978-2-923274-71-3

— 32. *La fileuse de paille et autres contes*, Françoise Lepage, 9 ans et plus, ISBN 978-2-923274-69-0

— 33. *Le petit canard qui nage*, Lucie Verreault, 4 à 6 ans, ISBN 978-2-923274-86-7

Les Éditions L'Interligne
261, chemin de Montréal, bureau 310
Ottawa (Ontario) K1L 8C7
Tél. : 613-748-0850 / Téléc. : 613-748-0852
Adresse courriel : communication@interligne.ca
www.interligne.ca

Directrice de collection : Magda Tadros

Œuvre de la couverture : Éric Peladeau
Graphisme : Estelle de la Chevrotière Bova
Correction des épreuves : Hélène Detrait
Distribution : Diffusion Prologue inc.

Les Éditions L'Interligne bénéficient de l'appui financier du Conseil des Arts du Canada, de la Ville d'Ottawa, du Conseil des arts de l'Ontario et de la Fondation Trillium de l'Ontario. Nous reconnaissons l'aide financière du gouvernement du Canada par l'entremise du Fonds du livre du Canada (FLC) pour nos activités d'édition.

Les Éditions L'Interligne sont membres du Regroupement des éditeurs canadiens-français (RECF).

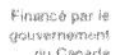